ひと月だけの永遠

スーザン・クロスビー 作

秋元美由起 訳

シルエット・ディザイア

東京・ロンドン・トロント・パリ・ニューヨーク・アテネ・アムステルダム
ハンブルク・ストックホルム・ミラノ・シドニー・マドリッド・ワルシャワ
ブダペスト・リオデジャネイロ・ルクセンブルク・フリブール

The Forbidden Twin

by Susan Crosby

Published by Harlequin K.K., Tokyo, 2007

スーザン・クロスビー　ベストセラーリストに度々登場する実力派作家。夫と二人の成人した息子がおり、カリフォルニアのセントラルヴァリーに住んでいる。七年半かかって大学を卒業し、英語の学士号を取った。シンクロナイズドスイミングのインストラクター、おもちゃ会社の面接官、トラック会社の管理者として働いた経験を持つ。長年、地元のコミュニティシアターの裏方をつとめ、一度だけ舞台に立った経験もある――らくだの後ろ足として！　さまざまな経験が、おもしろい小説を書くのに役立っていると語る。

主要登場人物

スカーレット・エリオット……雑誌編集アシスタント。
サマー・エリオット……スカーレットの一卵性双生児の妹。
フィノーラ・エリオット……スカーレットの叔母。雑誌編集主任。
パトリック・エリオット……スカーレットの祖父。
メーヴ・エリオット……スカーレットの祖母。
ジョン・ハーラン……広告代理店勤務。サマーの元婚約者。

1

三月初旬

ジョン・ハーランはこの一時間、片手にブリリアントカットの二カラットのダイヤモンドの婚約指輪を、もう一方の手にグレンフィディックのオンザロックを握り締めていた。身も心も冷えきっている。大きな窓から差しこんでくるニューヨークの街の明かりだけがリビングルームを照らし、コーヒーテーブルに置いたスコッチの瓶のシルエットを浮かびあがらせている。それ以上、なにを見る必要があるだろう？

二時間前、フィアンセ――元フィアンセ――がジョンの手にダイヤモンドの指輪をそっと置いた。それ以後、彼はずっとそれを持ったままでいる。

ジョンはサマー・エリオットを理解していると思っていた。彼女は彼のように目的志向が強くて、規律正しく、二人はすばらしい将来のある活動的なカップルだった。二十九歳のジョンは結婚するのによい年齢で、広告代理店での仕事でも格好の地位にいた。なにもかもスケジュールどおりだったのだ。

だが、今日の午後、サマーが二人の将来をすべて終わらせてしまった。

ジョンはそうなることに気づいていなかった。二人は何カ月もデートをしてきた。二人の関係を見極めるのにじゅうぶんな期間だ。そしてバレンタインデーに婚約した。ぴったりのロマンチックな日から、まだ三週間もたっていない。そして今、彼が一週間、新しいクライアントとシカゴで仕事をしている間に、彼女は別の男を見つけた――よりにもよってロックスターを。落ち着いてまじめなサマー・エリオット、彼と性格がぴったりの女性が、ロックスターと出会ってしまったのだ。

ジョンがスコッチを飲みほし、その焼けるような感触を味わい、もう一杯飲もうかと考えたそのとき、玄関のベルが鳴った。彼は動かなかった。またベルが鳴る。彼は瓶を持ちあげ、すでにとけかけた氷の上についだ。拳《こぶし》でドアをたたく音がし、女性の声が彼の名を呼んだ。

サマーか？　いや、彼女はここへは来ない。

不思議に思い、ジョンはグラスをテーブルに置いて立ちあがると、髪を手で撫《な》でつけ、体のバランスをとった。一晩に一、二杯のワインよりもたくさん飲むのはめったにないことだが、彼は酔っていなかった。少なくとも本人は、酔っていない、ちょっと本調子でないだけだ、と思っていた。

ジョンはドアを開け、彼に背を向けて三メートルほど離れたエレベーターの前に立っているサマーをぎょっとして見た。

「なにをしているんだ？」ジョンが光のほうへ目を凝らし、廊下へ出たとき、エレベーターのベルが鳴り、彼のいる十五階に到着したことを知らせた。

彼女は振り返ったが、なにも言わなかった。その赤いミニ丈のワンピースを着ている姿を見て、ジョンはいつもの彼女と違うと思ったが、どこがどう違うのかはわからなかった。まばゆいほどの明るい鳶《とび》色の髪が光を受け、やわらかくて自然なカールが肩をすべり、背中へ流れている。淡い緑色の瞳はまっすぐに彼を見つめ、その表情は率直で、思いやりが浮かんでいる。思いやり？　どうして彼女が思いやりを？　彼女は僕を捨てたのだ。だしぬけに、なんの感情も見せずに。

僕と別れるのは間違いだと気づいたのだろうか？　だから、ここへ来たのか？

どうして彼女はなにも言わない？　僕に会いに来たはずなのに。

「あやまりに来たのか？」ジョンは尋ねた。僕は彼女に謝罪を望んでいるのだろうか？

「間違いだわ」かろうじて聞こえる程度の低い声だった。彼女は片方の手を伸ばして、ジョンに近づいてきた。「大きな間違い」指先が彼の胸をかすめたが、彼女は火傷《やけど》でもしたかのようにその手を引っこめると、握り締めて、自分の胸に押しつけた。

ジョンの胸は締めつけられた。彼女は軽く触れただけだったが、彼の平静を失わせるにはじゅうぶんだった。何時間も味わってきた苦悩が希望に押しやられようとしている。苦悩は抵抗した……だが、彼女がまた手を伸ばし、突然キスをしてくると、それまでだった。彼女が激しく口づけをしてきた。現実とは思えない新しい積極的な彼女に不意をつかれ、ジョンは彼女がうめくまで口づけを返した。しかし頭の中では、婚約者である自分とはベッドをともにしようとしなかったのに、会ったばかりの男に身を捧《ささ》げた女性を許してはならないと警告する声が叫んでいた。

彼女が腰を押しつけ、体をこすりつけてくると、ジョンはスコッチの四杯目を飲まず、次になにをすべきかわかる程度には頭が働いてよかったと思った。抵抗することは選択肢になかった。たとえ、数カ月をそうやって過ごすことになろうとも。だが、今回は違う。断じて今回だけは。

ジョンは彼女を抱きあげ、ベッドへ運ぶと、上掛けの上に横たえ、彼女が違って見えるのは、自分を誘惑するために装ってきたせいだと判断した。彼女はこれまで一度もそんなことをしたことがなかった。

彼女が自分のために努力をしてくれたと思うと、予想もしないぬくもりがジョンの中に広がった。

「思いがけないことだな」ジョンは質問するように

言い、彼女の動機を信じたいと思いながらも、こわかった。簡単に彼女を許していいのだろうか。

「あなたと愛し合うなんて思ってなかったわ」

ジョンは眉をひそめた。「どういう意味だい？」

「言葉どおりよ」

答えになっていなかったが、彼女はそうとしか言ってくれないらしい。

ジョンはベッドわきのランプをつけ、ネクタイを引き抜き、シャツのボタンをはずした。彼の動きはぎこちなかった。彼女はやめろとは言わない。本気なのだろうか？

ジョンはシャツを脱いで、わきに投げると、ベルトのバックルに手を伸ばし、ループから引き抜いて床に落とした。彼女の赤いピンヒールもそこにころがっていた。彼女がこんなに踵《かかと》の高い、彼と同じくらいの身長になるハイヒールをはいているのを見たことはなかった。

同じ高さ。ポイントはそこか？　二人を対等にする？　彼女は突然、ただ積極的なのではなく、攻撃的になったのか？

ジョンは歯をくいしばって、彼女の顔を見つめ、質問の答えをさがした。彼がこれまで尋ねたことのない質問だが、それは答えを望んでいるかどうかわからなかったからだ。彼女はやめるよう言わないばかりか、たじろぐこともなく、ジョンのあらゆる動きを見つめている。彼女の目にはバージンらしい恥じらいのかけらもない。ジョンは靴を蹴《け》るようにして脱ぎ、ズボンを靴下といっしょに脱いだ。

彼女に楽しそうに観察されるのは、キスをされたり、触れられたりするよりもはるかに刺激的だった。彼女は唾《つば》をのみこみ、目を上げて、また彼の目を見た。彼女の胸の先がワンピースを押しあげている。ジョンの胸は高鳴り、拳に力が入った。

僕がブリーフを脱いだら、彼女は逃げるだろうか？　彼女は何カ月も僕を近づけないでいたのに、別の男とベッドをともにした今になって、僕を求めるのか？　どういう神経をしている？　比べたいのか？　まったく彼女らしくない。

もし今、彼女とベッドをともにしたら、許したことになるのか？　それとも復讐《ふくしゅう》か？　答えを知りたいのかどうかもわからなかったが、筋の通らない力はジョンをとめなかった。

だが、彼女は〝間違いだった〟と言った。

ジョンはブリーフを押しさげた。彼女は膝立ちになると、手を伸ばして彼に触れた。ジョンは息をのみ、ベッドに膝をつくと、彼女のぴったりしたワンピースを頭から脱がせた。赤いレースのブラジャーとそろいのビキニパンティが現れた。ジョンはサテンのストラップを彼女の腕へ下ろした。胸の重さがブラジャーを誘うように下げ、レースが胸の先端で引っかかった。彼女のレモンの香りが漂ってきた。


ジョンの口はからからになった。サマーは白い下着をつけるタイプだと思っていた……。

ジョンは彼女の目を見つめながら、てのひらで彼女の胸を包み、なめらかで温かくて張りのあるふくらみと、硬くなった先端の感触を味わった。彼女は想像とはまるで違う。とてもセクシーで、積極的で、まるで……。

まるでサマーとは違う。

「スカーレット？」ジョンは声を振り絞り、両手を引っこめた。尋ねてはいたが、すでに彼女の正体を確信していた。違って、あたりまえだ。サマーではなく、双子の姉なのだ。スカーレットは華やかな噂《うわさ》の持ち主だが、まさか妹のふりをするとは考えたこともなかった。目的はなんだ？　彼女はいつもよそよそしく、まるで僕を嫌っているみたいだった。

彼女は混乱した目をして、腰を下ろした。「サマーがこういう服を着ているのを見たことがある？」

ジョンは酔っていると言うこともできたが、それは侮辱のように思えた。「彼女が僕を誘惑しに来たんだと思った」

スカーレットが返事をしないのはなにかを意味しているようだ。だが、ジョンは彼女のことをどうこう思うつもりはなかった。

人違いをしたのはともかく、彼女がサマーの双子の姉だとわかってても、自分の興奮が冷めていないことをジョンは自覚していた。それどころか、思いがけない発見をした衝撃がいっそうの刺激となっていた。だが、彼はその理由を見極めるために、やめようとはしなかった。自分の禁欲生活が長かったこと以外、理由など知りたくなかった。

「君はここでなにをしているんだ？」ジョンは待ち疲れ、彼女の行動と、自分の思いがけない考えにいらだっていた。

スカーレットはまた膝立ちになり、ジョンの胸に両手をあてた。永遠とも思える数秒の間、二人の視線はからみ合った。「そんなことが重要？」

今はそうでもなかったが、いずれきわめて重要になるだろう。彼と愛し合うことになるとは考えてもいなかったという彼女の言葉が、ジョンの頭の中で鳴り響いた。「僕と愛し合うつもりはなかったんだな？　では、なにをしに――」

「そんなに考えないで」彼女は彼を引き寄せた。

スカーレットに触れられたことで、頭からすべてが消え、ジョンは好奇心にまかせて、激しくキスをした。サマーのことは忘れ、スカーレットだけに関心を向け……。

スカーレット。彼女は信じられないほどセクシーだ。喉を震動させる声は渇望しているように響き、その手はジョンの体を動きまわり、そして彼も彼女に同じことをした。ジョンはブラジャーのホックをはずして、ほうり投げ、胸の先端を唇ではさみ、舌を這《は》わせてから、口に含んで味わった。彼女は体をそらし、バランスをとろうと彼の体に爪をくいこませた。ジョンは彼女のもう一方の胸も同じように愛《あい》撫《ぶ》したが、痛いほど脈打っている高まりを彼女の手に包まれると、欲望に情け容赦なく襲われた。

ジョンは思わず体をそらし、ペースを落とそうとした。この行為は生まれてからもっとも愚かなことだろうが、やめられない——いや、やめられる。ただ、やめたくないのだ。

ジョンはスカーレットのウエストをつかんで立ちあがらせると、パンティを引きさげた。彼女はジョンの頭を押さえ、身を乗り出すようにしてキスをした。唇と歯と舌を使った、彼が経験したことのないキスだった。ジョンは待ちきれなくなった。スカーレットをあおむけにさせ、脚を開くと、彼女を見つめたまま、その中へ身を沈めた。ジョンは目を閉じ、踏みとどまり、彼女を待ち、やがてみずからを解き放った。興奮が彼を激しく攻めた。体の奥深くから始まり、全身を駆け抜け、頭にまでおよび、圧倒的な熱い感覚以外のすべてを締め出した。すばらしい。彼女はすばらしい。信じられないくらい……。

ジョンは論理や正気に戻ってきてほしくなかったが、彼の意志に反して戻ってきた。彼はあおむけになり、天井を見つめた。隣にスカーレットも横たわっている。黙って、動かずに。呼吸音さえ聞こえない。彼女の香水がセックスの現実的なにおいとまじり合う。すぐには忘れられないだろう。

決して忘れないだろう。

ジョンは彼女のほうを向いた——。

マットレスがゆれ、スカーレットは寝返りを打ってベッドを離れた。そして自分の服をかき集めると、足早にバスルームへ行き、ドアを閉めた。

彼を締め出したのだ。

スカーレットは頭を空っぽにして、ジョンの優雅なバスルームで服を着た。黒い備品とよく磨かれたニッケルの蛇口に焦点を合わせた。できるだけ鏡を避けたが、見るしかなくなった。

目の下にマスカラのしみができ、肌はいっそう白く、目はいっそう黒く見える。彼女はティッシュを濡《ぬ》らし、しみをぬぐい取り、手で髪を撫でつけ、時間稼ぎをした。もう彼と顔を合わせたくなかった。

私はなにをしてしまったの?

私がここへ来たのは、サマーが婚約を解消するのは大きな間違いだと思うとジョンに告げるためだった。それがどういうわけか、キスを交わしていた。私が彼に言ったことは真実だ。彼にキスするなんて、ましてや愛し合うなんて、予想もしていなかった。私はこれまで派手な噂をたててきたかもしれないけれど、それにしても、これはやりすぎだ。

問題は、私がジョンにずっと恋していることだ。彼とサマーがたがいへの好意を見いだし、そして私がサマーに、ジョンに対する自分の気持ちを打ち明けようとしていたそのとき、二人が愛し合っていることに気づき、私は自分の気持ちを隠さなければならないと感じたのだ。

私はうらやましかった。ジョンのサマーへの接し方。サマーが話すとき、彼女の目を見る彼の目つき。そして彼女がそばにいるときの彼の触れ方。彼女の背中をそっと撫でたり、指で彼女の巻き毛を驚くほどセクシーに払ったりした。だが、私がなによりうらやましかったのは、サマーへの彼の思いやりだ。どれほどの時間、彼はサマーと過ごしたことだろう。まるで二人は話す種が尽きないかのように、長時間、熱心に話し合っていた。そして彼が〝おやすみ〟とか〝おはよう〟というときの声のかけ方。

私は男性にあんなふうに接してもらったことは一度もない。

理由を考えなさい。

スカーレットは一瞬、目を閉じた。自分の欠点については考えたくなかった。

スカーレットは長い間ジョンに対して抱いてきたはかない思いを無視し、彼と二人きりで話をするのを避け、彼に気持ちを悟られることを恐れた。妹が彼と本気になったとき、自分のそういう感情はうまく制御し、ロマンチックな観点から彼を考えるのをやめられると考えた。だが、今夜彼を、彼の苦悩を見て、好きでいることはやめられないと気づいた。サマーのためにすべてをわきに押しのけていただけなのだ。

だが今、スカーレットはそういう感情を永遠に葬ってしまう必要があった。ジョンと関係を持つことはできない。今夜以降、彼がいっさいかかわりを持ちたがらないということは別にして、礼儀だけでも彼と関係を持ってはいけないじゅうぶんな理由になる。彼はサマーとも近づこうとしないだろう。これは生涯に一度きりのチャンスだ。そして終わった。スクラップブックにしまってしまおう。

スカーレットはワンピースを撫でおろし、バスルームのドアを開けた。ジョンはまだベッドに横たわっている。両手に頭をのせ、ウエストまで上掛けで隠している。

スカーレットは靴をさがして、はいた。震えているせいで、よろめいた。

ジョンは上掛けをはねのけ、ベッドから下りてくると、両手をスカーレットの肩に置いた。「落ち着くんだ。いいね？　別になにも――」

「せめてなにかで隠して」スカーレットはぶっきらぼうな自分の口調にたじろいだ。

一瞬、ジョンはにやりとし、心を引きつけるえくぼを見せた。スカーレットはため息がもれそうになるのを抑えた。彼は強烈なダークブラウンの目、茶色の髪をした、すてきな男性だ。つまらないビジネススーツの下に、力強くて、筋肉質で、引き締まった、うっとりするような体が隠されているなんて、誰が思うだろう。

「帰るつもりらしいね」ジョンが言った。

「もちろん帰るわ。私をばかだと思っているの？」スカーレットは目を閉じた。「今のは忘れて」彼女のふるまいはすでにじゅうぶん愚かさを証明している。

ジョンはおもしろそうに彼女を見てから、ブリーフをはいた。「どうしてこんなことになったんだい、スカーレット？」

スカーレットはただ弱々しい笑みを見せた。

「どうしてこんなことになった？」彼が繰り返す。

「私たちが我を忘れてしまったから？」

「僕がそうなのはわかっている。だが、君は？」

彼を愛しているとは言えない。では、なんと言える？　数秒後、スカーレットは彼が頬に触れるのを感じた。そんなやさしいしぐさに、彼女は彼の腕に飛びこみそうになった。

「僕が君の妹と一度もベッドをともにしていないことを、君は知っていたね」

スカーレットはうなずいた。「でも、彼女は間違っていたわ。あなたは情熱的よ」

ジョンの口は引きつった。「たぶん、君だからだ。君がそういう僕を引き出したんだよ」彼はスカーレットの髪を耳にかけ、それから耳たぶをこすった。「僕のテクニックを磨く手伝いをしてくれないか？　ほかの女性をがっかりさせたくないんだ」

「ふざけている時間はないの。あなたにレッスンは必要ないし、私たちに将来はないの。こんなことは起こるべきじゃなかった。ごめんなさい」

ジョンは目を細めた。「ごめんなさいって？　なにが？」

「あなたが傷つき、怒っていたってわかっているし、復讐したいと考えているかもしれない。でも、お願いだから、誰にも言わないで」そう言うと、スカーレットは彼にとめられる前に歩きだした。彼女は混乱していた。リビングルームの床からバッグを拾いあげ、急いで逃げようとドアへ走ると、足早に階段を下りた。彼女は次のフロアでエレベーターに乗った。

建物から出ると、ドアマンがおやすみと声をかけてきた。彼女は冷たく湿った夜へと踏み出し、コートを忘れたことに気づいた。とりに戻ることはできない。

サマーと最上階を共有している祖父母のタウンハウスに帰ることもできない。サマーは留守だろうし、ジークといっしょかもしれないが、いちかばちか賭《か》ける気はしなかった。今夜はホテルに部屋をとり、ワインを注文し、熱い風呂に入って、どこで間違ってしまったのかを考えよう。

ただ、間違ったという気分ではなかった――特にジョンの腕の中にいるときは。とても……正しく感じられた。彼はもう妹の婚約者ではない。倫理に反したわけでもなければ、妹を裏切ったのでもないのだ。スカーレットとサマーは八歳のときに、ぜったいに相手のふりをしないと約束をした。でもジョンのアパートメントに行ったとき、彼が勘違いしていると承知しながら、引き返せないところに来るまで、それを正そうとはしなかった。もしジョンが気づかずにいたら、自分から話していた――ほんとうに？

ええ、もちろん。たぶん。

じゃあ……風呂、ワイン、反省。ジョン・ハーランを頭の中から永遠に消し去ろう。

朝になれば、私は立ち直っている。

大丈夫。

2

四月初旬

スカーレットは腕時計をにらみつけた。十二時十五分過ぎ。携帯電話をチェックし、電源が入っていることを確認した。着信を聞き逃してはいない。メッセージも入っていない。十五分も待たせるなんて、サマーらしくない。だが、最近のサマーはまったく予測できない。婚約破棄から一カ月もたたないうちに、ジーク・ウッドローと婚約までして……。

スカーレットはそれ以上は考えなかった。今のサマーは以前と違い、目が輝き、足取りは軽やかなのだ。まったく違うオーラが彼女を包んでいて、その点でスカーレットはジークに感謝していた。

彼女をぜったいに傷つけないで……。

顔に笑みを張りつけて、スカーレットは同僚たちの挨拶《あいさつ》に手を振って応《こた》え、サラダのアボカドをつついた。会社のカフェテリアでボックス席がとれてよかった。彼女は外で一人で食事をするのが嫌いで、サマーはそれを知っていた。壁やスチール製のテーブルトップで騒音が反響するここでは、特にいやだ。今どきの内装は音をあまり吸収しない。考え事に適さない。それに、パーク・アベニューにある二十五階建てのビルはエ《E》リオット・パ《P》ブリケーション・ホール《H》ディングスが、つまり彼女の一族が所有している。だから、大勢の中にいても、スカーレットはめだってしまうし、彼女自身エリオット家の人間だから、それだけで話題の種になってしまうのだ。

「誰を待っているの?」

スカーレットが顔を上げると、フィノーラ・エリオットがいた。『カリスマ』誌の編集主任であり、二十五年間、スカーレットのボスだ。そして、過去二年間、叔母のフィンでもある。

「サマーよ。遅刻なの」

「彼女らしくないわね」

「ええ」

フィノーラは声をひそめた。「あなた、大丈夫?」

スカーレットは驚き、カフェテリアの入り口から叔母へ視線を移した。「もちろん。どうして?」

「最近、なんだか緊張しているみたいだから」

「私は大丈夫」スカーレットは同じことを叔母に言いたかった。フィノーラの父で、スカーレットの祖父が、年末に跡継ぎに関して爆弾発言をして以来、フィノーラは大変なストレスにさらされているのだ。

「いっしょに食事をどうぞと言いたいんだけど、今日はサマーに呼び出されたの。ああ、来たわ」

「気にしないで」フィノーラは言った。サマーが叔母を抱きしめ、席に腰をすべらせる。「ブリジットに会う予定なの。じゃあね」

「遅れてごめんなさい」サマーは目をきらきらさせて言った。「かわいい服ね。借りてもいい?」

スカーレットはほほえんだ。最近、サマーは大きく変わったが、それでもスカーレットがこの一週間でデザインし、作った紫と赤のミニ丈のワンピースのようなものは、彼女のワードローブにはない。

「私のクローゼットはあなたのものでしょう」

サマーが笑った。

いつもならスカーレットは妹がなにを言おうとしているのか予測できたが、今日は違った。実際には、この二週間ほどだ。サマーがなにかで興奮していることだけはわかった。「どうしたの?」

サマーは両手を組み、テーブルに置いた。「『バズ』を休職するわ」

スカーレットは衝撃で体が熱くなった。「なぜ?」

「ジークの海外ツアーに同行したいの」

「どれぐらい？」

「一カ月」

スカーレットは言葉が見つからなかった。「私たち、一週間以上離れたことはないのよ」

「人生って変わるものだわ、スカー。私たちは変わるの」

「離れるのね」〝前はあなたの心を読むことができた。おたがいの言葉を締めくくることだってできた〟

「いずれ起こることだったのよ」サマーの声には納得と決意が感じられた。

「あなたが憧《あこが》れていた仕事と目の前の昇進をあきらめるなんて、信じられない……男のために」

「ただの男じゃない。ジークだからよ。私が愛する人」サマーの口調は穏やかだったが、その目には強い光があった。「私が結婚する人」

「出発はいつ？」

「明日」

「そんなに急に？」スカーレットはかつてないほど弱くなったような気がした。自分が知っていた生活とのつながりが切れようとしている。

「妬《や》かないで」サマーはスカーレットの手に手を重ねた。

「妬く？　私は……」スカーレットは口を閉じた。少し妬いているのかもしれない。ほんとうはデザインの力を試したいのに、『カリスマ』誌の服飾編集アシスタントをやめるだけの勇気が私にはない。

「おじい様は恩知らずだって責めるでしょうね」

「それがこわいの。でも、ジークに説得されてしまったわ。おじい様にとっては忠実であることがなによりも大事だけど、どうしても私は行きたいの」

誰もがサマーは双子のおとなしいほうだと思っている。「もう話したの？」

「あなたが最初よ。ランチのあとでシェーンに言うわ。それからおばあ様とおじい様」

シェーン叔父はフィノーラの双子の兄で、『バズ』誌の編集主任だ。バズはEPHの芸能雑誌で、そこでサマーは原稿整理係をしているが、まもなく記者になることになっていた。

「寂しくておかしくなるわ」スカーレットはサマーの手を握りつぶしそうになった。

「私もよ」そうささやきながら、サマーの目はすぐにきらめいた。「電話するわ、きっと。週末にどこかで会えるかもしれないし」

「三人っていうのは多すぎるわよ」スカーレットは平常心を保とうとした。そしてまたサラダをつついた。「少し食べる?」

「興奮しているの」サマーは胃のあたりをたたいた。

スカーレットがうなずく。「さっき言ったクローゼットのことは本気よ。ツアーに持っていきたいものがあったら、どうぞ」

「ジークは今のままの私が好きなの」

ジョンもそうだった、とスカーレットは思った。サマーはそばにいて、とても楽な人だ。私のように、平等とか独立ということを主張したりしない。少なくとも声高には。

「ほら、また」サマーはそう言って、スカーレットのサラダボウルの隣をたたいた。

「えっ?」

「ぼうっとしているのよ。ここ一カ月ぐらい」

「私が?」

「そう。無断外泊をして、どこにいたのか話さなかった夜からよ。なにか隠し事をしているらしいけど、それも私たちの間では初めてのことだわ」

スカーレットはサマーに、ジョンのことを、あの夜のことを話したかった。でも、それはできない。彼本人以外、誰にも話せないが、その彼もまったく接触してこない。スカーレットは彼の自制心に腹を立てると同時に、感謝していた。あの翌日、メモもつけずに彼女のコートをオフィスに送ってくれた以外、おたがいに存在しないも同然だった。

「今夜、いっしょに過ごせる？」スカーレットは話題を変え、妹の目が傷ついた表情を見せていることに気づいた。だが、スカーレットには打ち明けられなかった。そんなことをしても、なにも変わらない。墓場まで持っていく秘密だってあるのだ。

「荷造りを手伝ってくれる？」

「もちろん」

「何時に帰るかわからないわ。おじい様たちに話しに〝ザ・タイズ〟へヘリコプターで行くの」

「起きて待ってる。マルガリータを用意するわ。たぶん必要になるから」スカーレットはからかった。

「今回は、私よりあなたのほうがね」

サマーはにやりとした。「そうね。ついに形勢逆転だわ。何年も、あなたは自分が選ぶ男性のことで、おじい様を怒らせようとしてきたし、私はそれをやめさせようとしてきた。ママとパパが死んでから、おじい様たちは保護者としての役割を真剣に受けとめてくれたのよ。十五年もたって、それを変えるのはむずかしいわ。もちろん、おじい様は今でも体面を気にかけているけど」

「おじい様は体面を気にしすぎだわ」スカーレットは、実際には私が〝選んだ男性〟などいなかったのだ、と思った。ただ、祖父を怒らせるために、特別に選んだだけなのだ。男性は次々と現れた。だが、恋人だったのはごくわずかで、大半は友人だった。

そして今度はジョンだ。スカーレットは彼に会いたかった。どうしてあんなことになったのだろう。しかし、彼に手を伸ばすことはできない。決して辛抱強くない彼女は、彼に連絡をとりたい衝動を抑えていた。彼がニューヨークを出ているという事実、あるいはそういう噂《うわさ》のおかげで、少し気が楽になっていたが、彼が旅に出たのはサマーを失った悲しみのせいだろうか？

「もう行かなくちゃ」サマーが言った。「向こうを出るときに電話するわ。おじい様が帰りもヘリコプターを使わせてくれたら、だけど。だめなら、ハンプトンズから長いドライブになるわね」

「いっしょに階上《うえ》へ行くわ」スカーレットは一人でボックス席に残りたくなかった。

二人はエレベーターを待った。スカーレットは十七階で、サマーはさらに一階上だ。

エレベーターが静かに上昇しはじめると、スカーレットはサマーを抱きしめた。「あなたは変わらないと約束して」

「無理だわ」

スカーレットは体を引いて、妹の顔から髪を払いのけた。「恋するのってすてきなことなの？」

「ジークはすばらしい男性だわ」

やさしさをからめた単純な言葉に、スカーレットは泣きたくなった。私だって欲しいのだ、すばらしいパートナーが。誰よりも私のことを思ってくれて、私をすばらしいと考えてくれる人。私だけのもので、私も彼だけのものになるような男性。

「愛してるわ」エレベーターのドアが開くと、スカーレットは言った。

「私もよ」

スカーレットはエレベーターを降り、自分の席へ向かった。デスクには、写真や布見本やデッサンが散らばっていた。彼女はデザイン帳をつかみ、白いページを開いた。そしてなにも考えずに描《か》いた――サマーのウエディングドレス。ベールとトレーンは長く、おとぎばなしのお姫様のようなデザインで、オーガンザを何枚も重ね、パールやクリスタルをちりばめてあるが、けばけばしくはなく、適度に光をとらえている。サマーのようにエレガントだ。

スカーレットはページをめくり、別のウエディングドレスを描いた。ストラップレスで、体にぴったりし、トレーンもベールもなく、ただ花嫁の長くて明るい鳶《とび》色の髪を花で飾る。彼女自身のドレスだ。

スカーレットはそれを見つめ、そのページを破ると、まるめて、ごみ箱に捨てた。それからコンピュータのほうを向いて、仕事用のファイルを開いた。

電話が鳴った。一時に約束した相手が到着した。スカーレットは立ちあがり、ちょっと考えると、まるめたデザイン画をごみ箱から拾った。震える手で、しわを伸ばし、サマーのデザイン画の次のページにはさんだ。

いいデザインだ、と思った。ちょっと手を入れて、デザイン帳に入れておくべきだ。だから拾ったのだ。いい作品を捨てることはできない。

〝嘘《うそ》つき〟その言葉が頭の中ではね返った。

3

二日後の午後九時。九十番街とアムステルダム通りのそばにあるエリオット家のタウンハウスの前に、ジョンは立っていた。グレーの石造りの建物が白い縁取りと赤いドアを際だたせている。通りがかりの人を締め出すための、蔦《つた》でおおわれた黒い錬鉄製の門に手を置いた。だが、彼は別の入り口を知っていた。その人目につかないドアからは、三階へ、つまり最上階へ行くことができる。サマーとスカーレットの居住部分で、それぞれのベッドルームと共有のリビンググルームがある。

屋敷の所有者、パトリックとメーヴのエリオット夫妻は、エリオット一族の家長と女家長で、最近はほとんどハンプトンズにある“ザ・タイズ”にいる。サマーとスカーレットは両親が飛行機事故で他界してから、そこで祖父母に育てられた。今、双子いて、ときおり週末になると、はほとんどニューヨークに“ザ・タイズ”に戻る程度だ。

ジョンの家族もハンプトンズのエリオット家のそばに私有地を持っているが、ほとんど接触はなかった。ジョンは双子より四歳年長だった。二人がハイスクールに入ったとき、彼はカレッジへ行った。サマーとスカーレットがカレッジを卒業した二年後、彼は成人した二人に会い、ときおりサマーの付き添い役をするようになり、そこから関係は発展した。派手なロマンスはなかった。ただ徐々に会うことが増え、着実に関係が深まったのだ。

この一カ月、ニューヨークから離れたことで、ジョンは事態を客観的に見ることができた。彼とサマーはたがいにふさわしい相手ではなかった。二人は似すぎていた。ともに、五年先まで計画を立て、仕事中心のタイプで、落ち着いた性格の持ち主だった。

だが、サマーは変わった。ゴシップ記事で、彼女がジーク・ウッドローのヨーロッパツアーに同行することをジョンは知った。驚きだ。彼女の中にそんな大胆な面があると誰が思ったことだろう。

すんだことだ、とジョンは考えた。今は、スカーレットに会わなくてはならない。一カ月離れていたことで、あの夜に二人の間に起こったことが、いかにばかげているかわかるようになった。だが、これからもときおり会うだろうから、きちんと整理しておく必要がある。

何度も受話器はとったのだが、電話はかけなかった。スカーレットのほうもかけてこない。大胆で率直な彼女が連絡をとらないということは、それだけで多くを意味する。あれは双方にとって、一夜限りのことだったのだ。

ジョンは携帯電話を取り出し、自分がここにいることを知らせようかと思ったが、やめた。そうすべきなのは知っている――礼儀正しくしないのは彼らしくない。スカーレットが家にいるのか、一人なのかは知らないが、不意を襲って、ほんとうの反応を見たかった。だから、半地下にある四台用の駐車場に入るためのセキュリティコードを押して、ドアを通り抜けると、屋内プールのわきを進み、スカーレットの部屋のある階へと階段をのぼった。

気持ちが高ぶっている。そんな考えに驚き、彼はすぐにベルを押すのを踏みとどまった。スーツを着て、スカーレットに、そして自分自身に、仕事なのだと示すべきだったのかもしれない。だが、彼はセーターにカーキ色のパンツ、ローファーというカジュアルな服装で来てしまった。家を出る間際にアフターシェーブローションをつけた。スカーレットの香水を思い出させるシトラス系のものだ。あの香りは何日も彼の肌から消えず、シャワーを浴びても、香りの記憶は消えないかのようだった。

ジョンはベルを鳴らした。前進するためには、話をつけなければならない。数秒後、のぞき穴が暗くなり、それからまた期待を持たせるような長い時間が過ぎた。彼女はドアを開ける気がないのだ。でなければ、彼女がいることはわかったのだから……。

ドアノブがまわり、ゆっくりドアが開いた。

リビングルームの明かりは消えている。スカーレットのベッドルームのドアが開いていて、光が彼女を背後から照らした。輪郭しか見えない。髪が肩や、床まで届くローブに流れている。香水の香りが漂ってきて、彼をさらに興奮させた。

「ジョン？」

この間、どうして彼女の声と妹の声とを混同したのか、ジョンにはわからなかった。スカーレットの声はなめらかで、ものうげで……セクシーだ。

「一人かい、スカーレット？」

「ええ」彼女はリビングルームを示した。「どうぞ」ジョンは初めて訪れたかのように部屋を見まわした。サマーとしばしば過ごしたところだが、まったく違って見える。今は、サマーの家庭的な部分ではなく、スカーレットの現代風な部分に目が向いた。アンティークとミニマリズムを折衷したような家具が印象的でドラマチックな効果を出している。

「かけて」スカーレットは通りを見おろす窓の前にあるソファを示した。彼女はローブの前をさらに合わせて、サッシュをきつく締め、ランプのスイッチを入れると、ソファの反対側に座った。

「どうしていた？」ようやくジョンは口を開くと、招かれもせずに来たことに対するスカーレットの反応を推しはかった。

「元気よ。あなたは？」

「上々だ」〝いかれてる。大事なこと、ほんとうのことを話せ〟

スカーレットは腿の上でローブを撫《な》でた。ジョンも同じことをして、彼女の膝に頭をのせたかった。

「どこへ行っていたの？」

「ロサンゼルス。パートナーと僕とで、新しい客のために市場を拡大して、会社を大きくする。いい頃《ころ》合《あい》なんでね」

「じゃあ、留守にしたのは仕事のためで……」

スカーレットは最後まで言わなかった。サマーとか自分のせいで、と言おうとしたのだろうか？

彼女が彼のほうを向くと、ローブの前にすき間ができ、胸のふくらみが少し見えた。ジョンは彼女の体を見つめるのをやめなくてはならないと思った。

「仕事だ」まったくの真実ではなかった。パートナーの関心を引くように仕向け、自分が行くと志願したのだ。彼の勤める広告代理店はすでに成功しているが、拡大する余地は常にある。

「そう」

長い沈黙。

「どうして来たの、ジョン?」

ようやく彼はその理由を思い出した。「君が大丈夫か確かめたかったんだ……あんなことがあったから。これからもときどき会うことだし、君とぎこちない関係になりたくなくてね」

「裸のあなたを想像すれば、ぎこちなさは消えると思うわ」

スカーレットの目がきらめいた。それを見て、ジョンはうれしかった。

「僕もはっきり覚えている」

「よかったわ、ジョン。でも、感情的には責めを負うべきね。それを忘れてはいけないの。現実的になってね。あれは……」

「非現実的」

「そう。ただの幻想」

「そして一度限り」ジョンは語尾を少し上げて、そう聞こうと思えば質問に聞こえるように言った。

「もちろん」ぜったいに。確実に。疑問の余地なく。

ジョンは目をそらした。答えは出た。「わかった。はっきりさせられてよかったよ」

「私もだわ」

彼は少し姿勢を変えた。「避妊具を使わなかった」

「二人とも夢中になっていたから。でも、問題ないわ」

「それはよかった」ジョンは立ちあがった。「じゃあ、もう帰るよ」

スカーレットがついてくる音が聞こえた。空気が濃くて、息苦しい。ドアの前まで来ると、ジョンは振り返った。彼女の気持ちを読み取りたかったのだ。

「ほかになにか欲しいものがあるの?」スカーレットは彼に手を伸ばし、そして引っこめた。

「君だ」ジョンは答え、スカーレットの手をつかんで、たぐり寄せた。「君が欲しい」

「ジョン……」彼女の声にも目にも渇望がある。

そして二人はたがいの腕に抱かれ、口づけをし、うめき、手を動かし、体を押しつけ合った。スカーレットが頭をのけぞらせ、彼の唇は彼女の首へと下がった。ローブの前が開き、彼女の裸体が現れる。温かく、湿気をおび、風呂から出たばかりのようだ。

「君のことばかり考えていた」ジョンはスカーレットの胸の先を口に含み、彼女のもっとも女らしい場所を手で包んだ。「君を。これを」

「私も」彼女の声は深く、吐息まじりだ。「こっちへ」

ジョンは進んでスカーレットのベッドルームへ行った。明かりがついている。あちこちにスケッチがある。壁のコルクボードに貼《は》られ、床やベッドにまで散らばっている。彼女が払い落とすと、紙はふわふわと床に落ちた。彼女の淡いブルーのローブもゆっくりと落ちて、足元にたまった。まるで海から出てきた女神のようだ。

ジョンはセーターを頭から、そして靴と靴下を脱いだ。彼がベルトに触れると、スカーレットが彼の手をどけ、自分ではずした。その間ずっと、彼の顔を見ている。彼女の肌は赤らみ、目の緑が濃い。唇はキスのせいで腫《は》れ、少し開いている。ジョンはスラックスが床に落ちるのを感じ、蹴《け》飛ばした。すると彼女は彼のブリーフに指をかけ、引っ張った。それを脱がせようとスカーレットが膝をついたとき、彼女の髪が彼の下腹部と腿と脛《すね》に触れた。

ジョンはスカーレットの頭をつかみ、髪を握り締めて、目を閉じた。一カ月間夢見たことが現実になったのだ。

スカーレットの探索がさらに大胆になってくると、ジョンは彼女を立たせ、うしろに下がらせ、ベッドの上に横にした。時間をかけたかったが、彼は自制とか手際という感覚を失っていた。彼は彼女に向かって突進した。スカーレットは身をそらした。熱く、爆発するような、リズミカルな快感が続き、ジョンの体はばらばらになりそうだった。彼女の体は彼を締めつけ、いっしょにのぼりつめた。そして二人の動きは遅くなり……とまった。二人はいっしょに寝返りを打った。スカーレットは彼の上で横になり、彼は彼女を抱き寄せた。

それからずっと、どちらも口を開かなかった。

スカーレットはこの一カ月——いや、数カ月の大部分を、ジョンを愛していないと自分に言い聞かせて過ごした。彼がサマーに示す思いやりが自分には経験のないものだったから、夢中になったにすぎないのだ、と。彼女はうらやましく思い、理想の男性を作りあげてしまったのだ。そして今、振り出しに戻った。なぜなら、彼を愛しているから。

そうなる前に、どうして彼を切り捨てられなかったのだろう？ 彼が留守にしていたことは役に立たなかった。二人で出かけることはできない。世間はジョンとサマーがベッドをともにしていたと思うだろうから、スカーレットが妹の元婚約者と関係を持つという考えは……。うまい言葉が浮かばない。

それに、スカーレットはたぶん妹の代役で、ジョンは彼女自身に興味などないのだ。それ以外、彼がこれほど大胆にふるまう理由があるだろうか。彼はもちろん関係を終わらせたがっている。彼の立場だったら、スカーレットだって、そう思う。サマーとベッドをともにすることで終わりにできるのだ。たぶん。

ジョンの頭の中では、自分とサマーとは交換可能なのだと思うと、スカーレットは気分が悪くなった。

だが、彼はそんなことはまったく考えていないかもしれない。たぶんスカーレットが考えすぎなのだ。

では、これからどうするの？　限られた条件内でおたがいの気持ちを燃やしてしまうか、でなければ、ずっとくすぶらせておくしかないように思える。深刻に考えすぎると、そのうちなにかのきっかけで燃えあがってしまうだろう。

スカーレットはいいことを思いついた……。

「まだレッスンを受けたい？」スカーレットはジョンの顔を見たくなくて、彼にすり寄った。

ジョンはスカーレットを強く抱きしめ、大きく息を吸った。「レッスン？」

「この間、あなたの技術を磨く手伝いをしてほしいって言ったわ」

「君はレッスンは必要ないと言った」

「ベッドではね。でも、女性を口説きたいのなら、もっとロマンチックになることを身につけなくちゃ……普通の方法でね」

長い沈黙のあと、ジョンはスカーレットを抱いたまま横向きになり、肘をついて、彼女の目を見た。彼の目にはユーモアの光がゆらめき、えくぼができていた。「口説く？」

ジョンが笑うと、スカーレットは彼の肩を押した。彼女の言葉が古くさかったらしい。「レッスンが必要だって認めなさい」

笑みが少し薄れた。「認める。本能だけではあまり役に立たないみたいだ。ただし……」ジョンはスカーレットの背中へ手をすべらせ、引き寄せた。

「君に関しては別だけど」

「つまり、セックスに関しては、ということね」

ジョンはスカーレットの髪を撫で、耳にかけた。

「じゃあ、女性を口説く方法を教えてくれるんだね？　なにが必要かな？」

〝長い時間、いっしょに過ごすこと。たっぷり触れ合うこと。そしてたくさんの……〟「レッスンよ」

「宿題かい？」

スカーレットはそこまで考えていなかった。彼はレッスンが成功したかどうかを知るために、別の女性で試さなければならないだろう。それはまずい。

「私で練習するのよ。私を夢中にさせられたら、どの女性が相手でも大丈夫だわ」

「それはそれは」

「うぬぼれてるわけじゃないの。ただ、大勢の男性とのゲームに免疫があるだけ」

「君が僕に夢中になったら、どうなる?」

スカーレットは答えを用意していなかった。

「悲惨な結果を生みかねないゲームのように思えるけどね」ジョンが言った。

「あら、楽しいかもしれないわ」スカーレットは彼の顔に手を添えた。「こんなことを望むなんて、すごくわがままなんでしょうね」

「だけど、おたがいに同意しているのなら、どこがいけない?」

「私たちは大人だもの」

ジョンはしばらく無言でいたが、やがて緊張が解けたようだった。「いつ始める?」

「服を着てから」

ジョンはにやりとした。「そういうことなら……」彼はスカーレットに脚をかけ、引き寄せると、彼女が彼の唇の感触以外、なにも考えられなくなるまでキスをした。「これも口説きの一部になる?」彼は彼女の顎に唇を這《は》わせながら、きいた。

〝えっ? あら、私に話しているのね〞

スカーレットはすぐには答えなかった。二人の関係がどこまで許されるのか、彼は見極めようとしているのだと気づいた。私はセックス以上のものを求めているけれど、得られるのはそれだけだとわかっている。障害が多すぎる。特に婚約解消直後なのだ。私からセックスだけだと限定すべきだろうか? そのうち、欲望の勢いは衰えるかしら?

「私はあなたと同じくらい、楽しんでいるわ」スカーレットは誠実に言って、ジョンの気持ちを試した。「ただ、おたがいにわかっていることだけど――」

「〝口説き大学〟はいつ開講だい？　明日？」

では、私も彼も二人の関係を限定するつもりはないのだ。今はそれでいいのかもしれない。「どうしてそんなに待つの？」スカーレットは尋ねた。

「まだ履修登録をしていない」ジョンはスカーレットの上になり、キスをした。「ハードディスクドライブからアップロードが完了していないんでね」

スカーレットは笑った。この人がこんなにおもしろいなんて、誰が想像しただろう？「あなたって、私が思っていた人と違うわ」

「どんなところが？」

「すべてよ。いつもまじめそうに見えたもの」

「裸の僕を見たことがなかったからさ」

スカーレットはほほえんだ。「それは大きな違いよね」

ジョンは彼女の首に顔をすり寄せた。「君だって見かけとは違う」

スカーレットの体は、肌にかかる彼の温かい吐息にぞくぞくしていた。「どんなふうに？」

「そんなに大胆じゃない」

「じゅうぶんに大胆だったと思うわ」

「セックスではね」

「ほかになにがあるの？」

ジョンは答えなかった。だが、スカーレットの体をさまよっていた彼の手がとまった。「いっしょの時間をこんな分析で費やしたいとほんとうに思っている？」彼は体を離し、彼女の目を見た。

「いいえ」スカーレットはジョンの肩に腕をまわし、彼を引っ張ってキスをした。「分析は必要ないわ。あなたの動きを研究するつもりではいるけど」

「指導者として？」

彼女はゆっくりとほほえんだ。「女として」

「プレッシャーだな」

ジョンの言葉は自信なさげだったが、行為は違った。彼は女性にどう触れるべきかを心得ていた。スカーレットは巧みに熱くさせられた。だが、それは巧みさのせいだけだろうか？　彼の気持ちはまったく関係ないだろうか？

ジョンがスカーレットの顔を両手で包んだ。彼女は目を開け、質問されるのを感じ取った。

「心ここにあらずっていう感じだ」ジョンが言った。

「私はちゃんとここにいるわ」スカーレットは正直に応じたが、おそらく二人の解釈は違うのだ。欲望のすべて、不安のすべてが彼女の頭の中で渦巻いている。無視したくても、消えてくれない。

ジョンはしばらく黙っていた。そして体を引こうとした。スカーレットは彼を抱き寄せて……もうなにも考えさせなかった。

4

翌日、ジョンは会社の電話をとり、番号を押しかけて、やめた。最初の宿題の課題は、彼がいつも女性にしているように、スカーレットをデートに誘うことだった。頭を使わなければならない。サマーと付き合っているときは、毎日二人で話し、なにをするか、いっしょに決めた。彼女を口説いたことなどなかった。徐々に関係を深めていったからだ。女性を誘うのは久しぶりだった。

彼は顔をさすり、それからスカーレットの職場の番号を押した。このデートゲームでは、二十九歳のベテランではなく、初心者になった気分だ。

「スカーレット・エリオットです」

ビジネスライクな口調に、ジョンは興奮した。昨夜の彼女を思い描いた。

「もしもし?」彼女は抑揚なく言った。

ジョンは体のうずきを無視した。「おはよう」

一瞬の間。「どちらさま?」

「ゆうべ、君のシーツを熱くした男だ」

「やめて」スカーレットは小声で言った。「あなたは私と出会ったばかりで、デートに誘うことになっているのよ」

役割実演法《ロールプレーイング》か? ジョンは一瞬考えた。おもしろいかもしれない、一日ぐらいなら。「僕のせいじゃない。指導教官が最初の口説き講座のための概要をくれなかったんだ」

スカーレットの笑い声が聞こえた。

「やり直し」ジョンがなにも言わないうちに、彼女は電話を切った。

ジョンはびっくりし、それから笑いだした。彼はもう一度電話をかけた。

「スカーレット・エリオットです」

「おはよう、ミズ・エリオット。〈サスキンド・イングル&ハーラン〉のジョン・ハーランだ。『カリスマ』誌のパーティで会ったね」

スカーレットはため息をついた。「会社名を言わなければならないようでは、たいした印象を与えていないわね。やり直し」彼女は電話を切った。

ジョンは電話するのをやめようかとも思ったが、一分後、またかけた。

「スカーレット・エリオットです」

「おはよう、ミズ・エリオット。ジョン・ハーランだ。『カリスマ』誌のパーティで会ったね」

「覚えてるわ。サンタクロースが存在するって、うまく主張していた人ね」

ジョンはほほえんだ。「誰かが君の名前はヴァージニアだって言った」

「友達？　それとも敵？」

「違う名前で君を呼んで、僕にきまり悪い思いをさせようとした人間だ」

「あなたはきまり悪い思いはしなかったわ」

彼女の言葉には二重の意味があるのだろうか？

「それを聞けてよかった」彼女が名前で呼んでこないことにジョンは気づいた。そうすれば、誰かに聞かれる心配もないからだろう。「君のことをもっと知りたいんだ。ディナーを付き合ってもらえないかな？」

「いつ？」

「土曜日の夜」これでは簡単すぎる。レッスンはいつまで長引かせることができるだろう？　そうするためには出来損ないのふりをしなくてはならない。

長い沈黙が続いた。「今日は金曜日よ」彼女が冷たく言った。

「今夜のほうがいいかな？」


沈黙。

ジョンはスラックスの埃《ほこり》を払った。どうやら最初の課題は大失敗したようだ。「スカーレット？」

「前日に誘うなんて、ちょっと失礼だとは思わない？　もう別の予定があるとは考えなかったの？」

「レッスンは今日が初めてだ」彼は言い返した。「月曜日が初日だったら、そのときに誘っていたよ」きっと火曜日にどうかと言っていただろうが、それを言う気はなかった。「土曜日の夜は予定があるのかい？」

「ええ」

ジョンはどう言っていいのかわからなかった。次の土曜日に誘うべきだろうか？

「やり直し」電話は切れた。

ジョンはスカーレットを待たせることにした。そして十五分後にかけると、留守番電話になっていた。

「ミズ・エリオット」彼は最初から始めた。「ジョン・ハーランだ。『カリスマ』誌のパーティで会ったね。来週の土曜日に、ディナーに付き合ってもらえないだろうか。僕の私用の番号を教えておく」彼は電話番号を告げた。「連絡を待っている」

ジョンが受話器を置くとほとんど同時に、彼の私用電話が鳴った。

「思い出していただいて光栄だわ」スカーレットが言った。「昔はああいう方法でうまくいったの?」

彼女は忌まわしいことのように〝方法〟と言った。

「方法って?」

「最初のデートに誘うのにメッセージを残すの?」

彼女は驚いたか、愛想をつかしたかのようだった。

「一週間以上前に申し込んだじゃないか」

「留守番電話にね」

ジョンは鼻梁《びりよう》をもみ、目を閉じた。「いけないことだったようだね。やり直すよ」切られる前に受話器を置く。普段なら、こんなゲームにはとっくにいらだっていただろうが、今は発憤していた。彼女は僕に挑戦している。それなら挑戦し返すまでだ。

ジョンは受話器を持ちあげたが、躊躇《ちゆうちよ》した。彼女は電話がかかってくると思っているだろう。

「そうはいかないぞ、ミズ・エリオット」彼は電話番号録をめくった。最初の宿題ではAが欲しい。

スカーレットはジョンに通常とは違う考え方をさせようとしている。彼は自分がどれだけ学んだかを教えたかった。

「ファンがいるらしいわよ」女性が声をかけてきた。

スカーレットはコンピューターから顔を上げて、そのブーケを見ないうちに、花の香りをかいでいた。それは一ダースの薔薇《ばら》のように小ぎれいなものではなく、濃い色の小さな蘭《らん》の異国風の花束だった。それを見て、彼女の心は躍った。花を贈られたのはずいぶん久しぶりだ。それでも、花に顔をうずめたいのをこらえた。いっしょに働いている二十三歳の陽気な研修生、ジェシー・クレイトンがスカーレットの目の前に花瓶を置いた。

「カードを読みましょうか？」ジェシーはおしゃれな眼鏡の奥で緑の目を輝かせながら、小さな封筒をつかむと、スカーレットの頭の上にかざした。

「あなたの香水の記事を書いてあげる」

ジェシーは笑い、カードをスカーレットに渡した。

「声に出して読んではくれないんでしょうね」

「あたり」

一人になると、スカーレットは封筒を開いた。中には電話番号が書いてあった。おしゃれな言葉はなし。ディナーへの招待もなし。電話番号だけだ。

スカーレットはゆっくりとほほえんだ。ジョンに一ポイント。

彼女は受話器を取りあげ、ボタンを押した。

「ジョン・ハーランです」

彼の声には期待感があった。たぶんそれを隠そうとしているのだ。「よくできました」

「どちらさま？」

スカーレットはにっこりした。「やり直させて」

彼女は電話を切り、かけ直した。ジョンが応《こた》えると、彼女は言った。「花はとてもすてきよ。ありがとう」

「じゃあ、僕のことを覚えている？」

スカーレットは役になりきった。「もちろん。『カリスマ』誌のパーティで会ったわね」

「君は瞳と同じ緑色のドレスを着ていた」

架空の話をしているのに、スカーレットは息をのんだ。ジョンはまるでほんとうにそのドレスを見て、それを着た彼女をほめているかのように話している。

「あなたはネクタイにスーツだったわ」彼女は言い返した。

「うまくあてたね。どうして僕が花を贈ったか、不思議に思っているんだろうね」

「ええ、知りたいわ」

「君のことを知りたいんだ。ディナーをいっしょにどうかな？　来週の土曜日とかは？」

「いいわね」

「迎えに行くよ。そうだな、八時はどう？」

「完璧《かんぺき》」

「確認のために、来週中に電話する」

「オーケー」

ジョンは別れを告げて電話を切った。彼は迎えに来るときまで、まったく話もしないし、会いもしないつもりだろうか、とスカーレットは思った。このロールプレーイングはどこまで行くの？　それぞれ別の暮らしをしながら、ゲームを続けるの？

今は彼にリードさせておこう。どうせこの関係は長続きしないのだ。だが、サマーが旅に出ている一カ月の間、いちばん手を出してはいけない男性と楽しみ、思い出を作ることにしよう。

5

スカーレットとサマーが孤児になった悲劇の日以来、スカーレットは〈ザ・タイズ〉でサマーのいない週末を過ごしたことはなかった。自分のベッドルームにいて、数メートル離れた妹の部屋に彼女がいないというのは、奇妙な気分だ。

スカーレットはもう一度鏡を見て、自分にオーケーサインを出した。サマーならそうしていたように。昔は祖母が部屋にやってきて、いっしょに楽しんだものだが、関節炎のせいで階段をのぼるのがむずかしくなっている。祖父母は下の階に移った。どうしてエレベーターをつけないのかが、スカーレットには謎《なぞ》だった。

ヒールの小さな音を響かせながら、スカーレットは長い大理石の階段を下りた。エスコートはいないが、今夜が楽しみだ。知り合いはたくさんいるし、もちろんダンスにも誘われるだろう。

ジョンに行き先を教えなくてよかった。彼も来ることにしたかもしれないし、そうなったら、私は彼に気づかないふりができたかどうかわからない。

スカーレットは屋敷の奥にあるリビングルームへ向かった。その向こう側に祖父母のスイートルームがある。近づいていくと、祖母がベッドルームから出てきた。女王のように優雅で、パトリックがアイルランドで出会い、アメリカへさらってきたお針子とはほど遠い。七十五歳で、流産などで何人かの子を失う悲しみを味わったのに、その顔には年齢も悲劇もほとんど表れていない。

「とてもすてきよ」スカーレットが抱きしめると、祖母が言った。「それに、息をのむようなドレスだわ。自分で作ったの？」

「新作よ」スカーレットはくるりとまわり、体にぴったりした紫と赤紫の身ごろに、踊るとちょうど膝の上ではねるひだ飾りを見せた。八センチのハイヒールをはいた彼女は、身長が百八十センチになっている。背が高くなると、パワーがついたみたいでいい気分だ。「おばあ様もきれいよ」

メーヴは小柄な体に、ビーズで飾ったシンプルな薄紫色のドレスをまとっている。巧みにメークを施し、アイルランド人らしい美しい肌にそばかすがわずかに見える。白髪まじりの赤褐色の髪を、スカーレットが知る限りいつもそうしていたように、アップにまとめていた。そして、やはりいつものように、首に金のロケットを下げている。噂《うわさ》では、その中には七歳で癌《がん》のために死んだ二番目の子アンナの写真が入っているらしい。ロケットには、三番目の子で、スカーレットとサマーの父親、スティーブンの写真も入っているのだろうか、とスカーレットは思った。

「男どもを振り返らせるつもりか?」パトリック・エリオットが二人のうしろから声高に言った。

ハイヒールをはいていると、スカーレットはパトリックの目をまっすぐ見られた。これもハイヒールが好きな理由の一つだ。

七十七歳のパトリックは、今も目の保養になる。引き締まった体、豊かな白髪、青い目は三十歳若い女性の目も引いた。「ええ、そう望んでいるわ」スカーレットは言った。

「おまえのおばあ様に言っていたんだ」彼はスカーレットにかすかにほほえみ、言葉のきびしさをやわらげたが、妻を見てキスをすると、その口調は穏やかになった。「すてきだよ」

スカーレットは祖母といっしょの祖父を見るたびに、この愛情深い夫が、自分とサマーを育てた独裁者と同一人物とは信じられなかった。ビジネスマンとしては冷酷で、彼の所有する企業四社を経営している我が子たちにさえ、というより、我が子たちには特に、きびしかった。

「自分の車で行くのか?」パトリックはスカーレットにきいた。「私たちより長居したいだろう」

「いっしょに行くわ。お二人より長居したければ、誰かに送ってもらうから」

「フレデリックを戻してあげますよ」祖母が言った。

「ありがとう。でも、必要ないわ」スカーレットは癖とはなかなか抜けないものだと気づいた。祖父母の運転手は喜んで迎えに来てくれるだろう。それでも、ずっと祖父に反抗してきた態度を変えるのはむずかしい。「自分でなんとかするから」

「おまえのエスコート役には飲ませるなよ」祖父はメーヴの腕の下に手を添え、ドアへ歩きだした。

スカーレットは二人のうしろを歩き、彼女が男性に送ってもらうものと祖父が決めこんでいることにいらだった。「アルコール探知機を使わせるわ」

メーヴはくすくす笑い、皮肉で応《こた》えようとするパトリックをとめた。「あなたたちは似た者どうしね」

「似てる？　私たちが？」

「そうよ。でも、その話はもういいわ。今夜は春の訪れを祝う夜よ。新たな始まり。だから、どんなに気のきいた言葉でも、ウイットの闘いはおしまい」

「私はいいわ」スカーレットが言う。

パトリックは黙っているが、答えとしてはじゅうぶんだった。彼は妻の言いなりなのだ。

スカーレットはため息をつくのをやめた。祖父とはずっと闘ってきたし、祖母とサマーはできるときには中に入ってくれた。祖父はスカーレットのボーイフレンドがいつも気にいらなかった。それは彼女が男性と付き合いはじめたときからで、そのうち祖父が嫌悪するに違いない男性――やる気や野望がない男性、人生の一番の関心事が働くことではなく遊ぶことという男性を連れ帰るようになった。ゼロから自分の帝国を築きあげたパトリック・エリオットは、確固たる職業倫理を持たない男がなにより嫌いだった。

だが、スカーレットはゲームに、祖父との争いに疲れていた。特に今は。最近は彼もさほど無敵ではないと感じているに違いない。そうでなければ、自分の子供たちに次のＥＰＨの最高経営責任者《CEO》を争わせるようなことはしなかっただろう。年末に一番利益を上げた雑誌の責任者を後継者にするというのだ。大晦日《おおみそか》のパーティでの引退発表と、エリオット家の子供をたがいに競わせることで始めたゲームという不意打ちは、みんなの人生を大混乱に陥れた。

カントリークラブまでの二十分間のドライブの間、会話は無難な話題に向けられた。クラブの舞踏室はいつものように、春の花のアレンジメントと白い豆電球で飾られていた。豪華なビュッフェが用意され、あとでダンスをするため、二十人編成のバンドが音楽を奏でるので、バーはじゃまにならない場所に設置されている。そういう計画性がスカーレットは大好きだった。

「あなたはエキゾチックな花みたいに見えるわ」友人たちに手を振ったり、会釈したりしながら、祖母が言った。「あなたのデザインの才能は驚くほどよ」

「先生が最高だもの」スカーレットは祖母に腕をまわし、いっしょに裁縫をして過ごした時間をなつかしく思った。

「それはうれしいほめ言葉ね。でも、私にあったのは想像力ではなく、経験による技術だけ。デザインの学位をとったんだから、雑誌ではなく、そちらの分野へ進むと思っていたのよ」祖母は横目でさぐるように見た。

「時間はあるわ。それに、雑誌は勉強するのにいいところよ」スカーレットはぐらかしながら、祖父に今の話が聞こえただろうかと思った。彼は聞こえたそぶりを見せない。なにか部屋を横切るものに集中しているようだ。祖父の視線を追い、そこでいちばん会いたくないカップルを見つけ、スカーレットは祖母に顔を寄せた。「ハーラン夫妻がいるわ。サマーが婚約解消してから、二人に会った？」

「グレタに電話したわよ。ジョンとサマーが結婚を決める前は、特に仲がいいわけじゃなかったでしょう。誰もが礼儀正しくするだろうかっていうのなら、答えはイエス。特にここではね。さあ、行って楽しんでらっしゃい」

「あとでいっしょに食事をしましょう」

「好きにしていいのよ。楽しみなさい。最近はあまり遊んでいないみたいだわ」

「サマーがいなくて寂しいの」

「それに、ちょっとうらやましいのかしら？」

「ぜんぜん」スカーレットは嘘《うそ》をついたことで、雷が落ちるのを覚悟した。だが、世界は平穏なままだ。サマーが頼りにでき、いっしょにいられる男性との関係をおおっぴらにできるのがうらやましかった。それにひきかえ、スカーレットは悲痛な結果になるとわかっていて、終わりが来たときに誰にも話せず、同情もしてもらえない状況に自分を追いこんでしまった。とはいえ、妹の幸せをねたんではいない。

スカーレットはぶらついて、立ちどまってはおしゃべりをし、身を固めた旧友から目の前に突きつけられた赤ん坊の写真に賞賛の言葉を述べた。この数年間で、数えきれないほどの結婚式に出席していた。

ディナーが終わると、ダンスが始まった。祖父母がフロアに出て、最初のスローダンスを踊った。長年いっしょに踊ってきた二人のステップは完璧《かんぺき》なほどそろっている。スカーレットは二人を見ながらほほえんだ。そのとき、ダンスフロアに歩いていくジョンを見つけた。

理由はまったく違ったが、スカーレットは先ほど覚悟した雷に打たれた。体の内がかっと熱くなる。彼はここで誰よりもすてきだ。その彼と愛し合ったのだ。そして、彼は私を強く求めた。

ジョンが現れて、スカーレットはうれしかった。問題を認めること、自分に正直になることで、問題の半分は解決だと思った。そのとき、小柄なブロンド娘が彼と踊りだしたのが見えた。あれは誰？　二人は長年のパートナーみたいに、ワルツを踊っている。ステップはそろい、ジョンの手は彼女の腰に置かれ、彼の視線は彼女の目に注がれている。スカーレットは彼女をねたましく思った。

音楽がアップビートになると、祖父母はフロアを離れたが、ジョンたちは離れない。スカーレットは爪先を鳴らした。彼は私に嫉妬《しっと》させようとしているのかしら？

「やあ、スカーレット」

彼女は近づいてくる男性に焦点を合わせた。「あら、ミッチ、久しぶりね」

ミッチェル・デヴローはどこにでもいる薄っぺらなハンサムだ。

「ああ。踊らないか？」

スカーレットはもちろん壁の花ではいたくなかった。ジョンは無視して、祖母に言われたように、楽しむことにしよう。

そのあと、スカーレットはフロアにずっといた。曲が変わるたびにパートナーを変え、激しく踊り、ジョンをさりげなく見つづけた。彼のほうもまたスローなナンバーになるまで休むことをせず、そしてようやくパートナーを変えた。スカーレットは自分のパートナーの肩ごしに、ジョンが歩いていき、バーで飲み物をもらい、柱に肩をあずけるのを見ていた。彼もフロアを眺め、スカーレットに視線をとめて、彼女に見られていることに気がついた。

ジョンは小さくグラスを持ちあげた。その目つきは鋭い。スカーレットは彼の裸、彼の肌触り、味を自分が知っているなんて、信じられなかった。彼は戦地に赴くようなキスをし、彼女が地上で一人きりの女性であるかのように抱いた。

曲が終わった。スカーレットはダンスフロアを離れ、自分の意志より強い力に引っ張られ、ジョンのほうへ向かうと、控えめにわきのドアを指さした。ジョンは柱から体を起こし、歩きだした。彼女は距離をおいて続いたが、ドアを通り抜けようとしたとき、すでに中庭《パティオ》にいたらしい彼女の祖父がジョンに近づくのが見えた。

あやうく祖父に見つかりそうになって、スカーレットは彼女の姿を隠すくらい大きな植物をてっぺんにのせた台の陰に飛びこんだ。

「君があぁ出るとは予想外だったよ、ジョン」パトリックが言った。

「なにがですか？」

「報復だ」

「仕事ですよ、パトリック。それだけです」

スカーレットは二人の姿を見て、ボディランゲージを分析したいと願った。だが、声を聞くことしかできない。祖父の声は鋭く、破壊的で、暗闇《くらやみ》を切り裂くようだ。一方、ジョンは自然なようすだった。

「〈ギルズ＆マーシュ〉は『カリスマ』誌創刊以来、広告スペースを買っていた。〈クリスタル・クレーム・ソーダ〉と『バズ』誌の付き合いは五年になる」

「違う形の広告を試し、なにが最高の効果をもたらすか見極めようと決めたんです。映画やテレビで商品を使うと、より大勢の人の目に触れることはたしかです。ＤＶＤや再放送というのもありますからね」

「標的を決めての人口統計学かね？」

「それぞれの状況を慎重に選んでいますよ」

こおろぎの鳴き声が静寂の中で響いた。

「私の孫娘に腹を立てているはずだ」ようやくパトリックが言った。

「乗り越えました」

「そうは思わないな」

スカーレットはさらに耳をすました。祖父の声は低く、冷たくなっている。

「どうしてそう考えるんですか？」ジョンがきいた。

「少し前、君のスカーレットを見る目つき……あれは〝乗り越えた〟人間の表情ではなかった」

「違いますよ。仮にサマーへの思いを断ち切っていないとしても、クライアントはもちろん、スカーレットやあなたにやつあたりしたりしません」

また沈黙。ジョンはくいつかなかった。先ほどのジョンの表情が怒りではなく、欲望によるものだと祖父が気づかなかったことに、スカーレットはほっとした。

「あの子がどうなっているのかわからない」パトリックは口を開いた。「昔からずっと分別のある子だった。それがあんな……歌い手なんかと出ていってしまった。仕事もほうり出して」

祖父の言葉はいらだちでいっぱいだった。ジョンはまだなにも言わない。

「君の客から目を離さないようにするよ、ジョン。私の客を少しばかり口説く必要があるかもしれないからな」

スカーレットはその言葉に顔をほころばせ、ジョンも同じだろうと思った。

「僕はまっとうなアドバイスをして、お金をもらっています」ジョンが言った。

「どれほどまっとうかな」

「広告も新しい時代が来てるんです、パトリック。変革のときです」

「たぶんな」パトリックは歩きだし、そしてとまった。

スカーレットは頭を引っこめた。

「君に電話をして、謝罪すべきだった」パトリックが言った。「考えはしたんだ。だが、しなかった」

「必要ありませんよ、でも、ありがとうございます。これはサマーと僕の問題です」

「そうだな。では、また」

「失礼します」

スカーレットは祖父に見られないように、さらに身を隠した。

「もう出てきてもいいよ」数秒後にジョンが言った。「彼は中に入った」

スカーレットは姿を現した。「危なかったわ」

「そもそも、僕といるところを人に見られるなんて危険を冒すこと自体、驚きだよ、スカーレット」

「スキャンダルにはならないわ。ちょっと噂になるだけ。楽しんでる？」

「そうでもない」

「私をダンスに誘ってくれてもよかったのに」

ジョンは背筋を伸ばした。「どの曲でも君には相手がいたじゃないか。横取りはまずいだろう？」

「たぶんね」

彼のまなざしが強くなった。「今夜もレッスンなのかい？」

「状況ごとに判断しなければいけないわね」

「僕が判断した。今夜はしないことにする」

「いいわ」ジョンの言うとおりだし、ほかに言うこともないので、スカーレットは話題を変えた。彼に触れたくてたまらないが、触れないでいるために自分の指をからめた。「ほんとうにビジネスだったの、ジョン？　祖父があなたに尋ねたことだけど」

「そうだ」

「サマーと別れていなくても、同じことをした？」

ジョンはほんの一瞬ためらったが、視線はゆるがなかった。「ああ」

彼がためらったのは、まず答えを自分に確認したからだろうか、とスカーレットは思った。

「すぐにここから逃げたい？」彼の質問に、スカーレットは驚いた。

「もちろん。でも、無理だわ、いっしょには。もう行くわね」彼女は背を向けかけた。

「スカーレット？」

ジョンがなにを言おうと、そのかすれた声だけでスカーレットは足をとめていただろう。「なに？」

「今夜、君と踊った男に嫉妬した。君に触れ、君に近づいた全員に」

「私も同じだったとは思わないの？」スカーレットは尋ねた。「行かなくちゃ」これ以上ジョンといっしょにいて、誰かの関心を引くような危険は冒したくなかった。

ジョンはなにも言わなかった。彼の得意技だ。

スカーレットはジョンがダンスフロアへ戻るのは見なかった。そしてミッチにまたダンスに誘われると、ありがたく思いながらも落胆を感じた。グレン・ミラーの《ムーンライト・セレナーデ》が演奏されると、祖父母もフロアに出てきた。祖母の好きな曲だ。

しばらくすると、ジョンがミッチの肩をたたいた。ミッチがスカーレットを見る。「断ってもいいんだよ」

「いいの」ジョンの腕がまわされると、スカーレットの胸は高鳴った。二人の体は数センチしか離れていない。「どういうつもり？」彼女は顔に笑みを張りつけたまま、小声できいた。

「次の口説き講座に合格する」

「あなたがこんなことするなんて信じられない」

「じゃあ、僕のことを知らないんだ」

そう。彼を愛しているが、彼を知らない。ほんとうの意味では。だが、彼のことを知るほど、思いは深くなった。

「スカーレット、僕たちがこそこそしなければならない理由はない。せいぜいちょっと噂になる程度だ。僕がまだサマーに未練があるに違いない、とかね」

「そうなの？」

「いいや」

スカーレットはこれほど気まずい思いをしたことはなかった。祖父母を見ると、祖母は眉をつりあげ、祖父は無表情なままだ。

気づまりなうえ、必死になって避けてきた注目の的になっているというのに、スカーレットはジョンの行動を喜んでいた。彼が自信たっぷりで、大胆なことを。予想もしていなかった彼の一面だ。

ダンスが終わると、クラブのマネージャーがスカーレットに近づいてきた。「お電話です、ミス・エリオット」

「誰からかしら？」

「うかがっておりません。どうぞこちらへ」

スカーレットはジョンに断り、その場から救い出してくれた謎の電話に感謝した。

彼女とマネージャーは長い廊下を進み、会議室と記されたドアの前に来た。彼はドアを開けて、いなくなった。スカーレットは中をのぞいた。会議用テーブルの上に電話があるが、ランプはついていない。不安になって、彼女はあとずさった。

「気をつけて」男性の声が彼女の耳元でささやく。ジョンだ。彼は彼女を中へ入れると、ドアを閉め、鍵《かぎ》をかけた。その音が鳴り響く。

ジョンは壁に手を伸ばし、明かりを消した。二人は闇に包まれた。閉じたドアの向こうからかすかに音楽が聞こえる。

「君はセックスするみたいに踊るね」ジョンはそう言うと、指で彼女の顎や唇を撫《な》でた。

「どういう意味？」スカーレットは息を切らし、唇を開いた。

「原始的。地球の創造物みたいだ。激しく奔放に」ジョンは彼女のウエストに腕をまわした。「僕と踊ってくれ。ほんとうのダンスを」

〝ダンス〟とはいえ、二人ともほとんど動かず、それは体を寄せ合う口実のようなものだった。スカーレットがハイヒールをはいていたせいで、二人の体はぴったり向き合っていた。

「無口ね」しばらくすると、スカーレットがつぶやいた。

「そうなることもできる」

スカーレットに耳たぶをそっと噛《か》まれると、ジョンは静かに笑った。スカーレットは二人きりになり、彼に触れるこういう時間を求めていた。音楽はとまったが、二人は動きつづけ、体を寄せ合った。服だけがじゃまだったが、それさえもたいしたことはなかった。ジョンが彼女のヒップを両手で包み、そっと持ちあげると、触れ合う場所が変わった。香水とアフターシェーブローションの香りがせっぱつまった欲望の香りとまざり合う。ジョンの体が緊張し、スカーレットの腹部にあたる高まりから、彼の欲望が伝わってくる。

スカーレットは抵抗しようとした。ジョンに身を投げ出すことはできない。ここがどこであるかも、誰かに見つかるかもしれないこともちゃんとわかっている。祖父母やサマーがどう思うか。彼女自身も。

だが、ほんとうは、流れにまかせ、屈服し、楽しんで……。

ジョンの手がスカーレットの胸へとすべり、彼が長く熱いキスをした。二人の息と要求と奔放な欲望が一つになった。二人はいつもこんなふうに性急だ。

ジョンがスカーレットをうしろに下がらせ、彼女の腿がテーブルにあたった。彼がなにをしようとしているかに気づくと、彼女は彼の胸を押した。

「ここではできないわ」

ジョンはスカーレットのVネックを舌でたどった。

「このクラブの規則が書かれた長いリストにはくわしいが、会議室でセックスをしてはいけないとは、どこにも書いていない。この部屋はいろいろなことに利用されたんじゃないかな」

「やめて」スカーレットはジョンから離れると、ドアまで行き、手さぐりで明かりのスイッチを入れた。「本気よ。ここではだめ」こうなったのは自分のせいだと彼女は思った。今まで二度のベッドへたどり着くまでのスピードを考えると、男性がしたいことを、したい場所でできると考えても当然だ。

ジョンは髪をかきあげた。「君はむずかしい人だ」そう言って、息を吐き出した。

「わかってる。ごめんなさい」〝でも、あなたを愛している。だから、この前は思いきったことをしたの。あなたの思い出がどうしても欲しかったから〟

「君は噂とは違うんだね？」ジョンはテーブルに腰をあずけ、腕を組んだ。

「噂どおりのほうがいい？」

少し間をおいてから、ジョンは首を振った。「僕はいつも〝手に負えない子〟の話がおもしろかった。君がだらしないという証拠はなかった。付き合う相手から推測しただけだ。それと、たぶん君のめだった服装。君はいつも自分がどこへ向かい、何者であるかを知っているかのように、旋風みたいに動いた。それはとてもセクシーだ。君には誰もが驚かされる」

「この密会を手配したのは私じゃないわ」

「気を悪くしないでくれ。君も僕と同じように求めていると思ったんだ」

「信じようと信じまいと、私だって自分の欲望よりも先にほかの人のことを考えることはあるわ」

二人の視線がからみ合い、ジョンは彼女をじっと見つめた。それからゆっくりとうなずき、体を起こした。すれ違いざまに、彼女の腕を撫でおろした。

「おやすみ。踊ってくれてありがとう」

ドアがそっと閉められたあと、スカーレットは立ちつくし、自分の世界が正常になるのを待った。

ジョンを誤解していた。たぶん彼も私を誤解していた。私が意図的に作りあげた評判のせいで、祖父母も含め何百人もの人がいる場所のすぐそばにある会議室のテーブルで、私とセックスしたいなどと思わせてしまったのだ。

たぶん彼はそういう人目を忍ぶ行為に夢中になったのだ。

私は違う。彼に夢中になったのだ。

これから二人はどうなるのだろう？

6

カントリークラブでの出来事があったあとの水曜日、ジョンは『カリスマ』誌でのフィノーラ・エリオットとの打ち合わせのため、三時少し前に着いた。ロビーで待たされることなく、すぐにオフィスへ案内されたが、エスコート役はジェシーという鳶《とび》色の髪の若い女性だった。編集室の間を縫うように進みながら、彼女は話しつづけた。そして彼女がコロラド生まれの無給研修生で、『カリスマ』誌の校正係のラニー・シンクレアのルームメイトであることを知った。その目つきからすると、ジョンがサマーの婚約者だったことを知っているらしい。

ジョンはスカーレットのデスクがどこかをききたかった。彼女の目を見れば、二人の間がどうなっているかわかるだろう。あれ以後、二人は話をしていない。そして三日後には、最初のデートレッスンに行くことになっている。

たぶん。

ジョンのレッスンは女性を誘い出すまでで、その後の実行にまではおよばないのかもしれない。また答えを知りたい疑問が生じた。

この膠着《こうちゃく》状態をどちらが破るのだろう？　それとも、二人はすでに燃え尽きてしまったのか？　ジョンはまだ終わらせたくなかった。サマーが戻ってくるまでの一カ月間をぎりぎりまで楽しみたい。その一部分はベッドの中で。

ジョンが案内されたのはフィノーラのオフィスではなく、会議室だった。楕円形《だえんけい》のマホガニーのテーブルのまわりに座っていたのは、編集長のフィノーラ、上級編集者のケード・マクマン、写真編集者のブリジット・エリオット、そしてスカーレットだ。

スカーレットが会議に出てきたのをジョンは見たことがなかった。服飾編集アシスタントなら当然だ。

ジョンはフィノーラ、ケード、ブリジットと握手をした。スカーレットの目を見て、うなずく。彼女は眉を上げた。彼女の気持ちはわからない。

「まわりくどい話はやめるわね、ジョン」フィノーラが切り出した。「父が言いだした競争のことは知っていると思うわ」

「ええ、くわしく」週末にメーヴに会ったばかりのジョンは、フィノーラが母親そっくりだと気づいた。もっとも、ビジネス向けの頭脳、そして意欲はパトリック譲りだ。

「私は勝つつもりよ」フィノーラはジョンのほうに身を乗り出した。「でも、収益から広告収入をあなたに奪われては無理なの」

「僕はクライアントの要求に応《こた》えているんですよ、フィン」

「あなたに提案したいアイデアを思いついたわ。説明して、スカーレット」

スカーレットはリモコンを手に持ち、ジョンをちらりと見た。彼女がグレーのピンストライプのゆったりしたスーツを着て、髪をまとめていたら、いかにもビジネスウーマンに見えるような目つきだ。だが、彼女はつややかな髪を肩でゆるやかに波打たせ、体にぴったり張りつく深い紫色のワンピースを着ている。彼の思いはさまよい……。

スカーレットは壁の大スクリーンに映像を映した。

「特集記事の写真としてこれを掲載します。〝トレンド〟と呼んでおくことにします。いつものように、シーズンごとに最高にホットなトレンドの写真を十枚から十二枚載せます。でもこれは、御社のクライアントの商品をいかに組みこむかの一例です」

センスのいいブロンドのモデルが、近所のパブのようなバーに座っている。彼女の着ている服が読者の目を引くことになっているが、その手にはクリスタル・クレーム・ソーダの瓶がある。バーで出されるソフトドリンクの配置で、読者はもっと関心を払うようになるだろう、とジョンは判断した。うまいやり方だ。

「ポイントは商品の位置です」言うまでもないことだ。「さらに数枚見てください」

写真がスクリーンに映された。どれも『カリスマ』誌が売り物にしている最高品質の写真で、いずれにもジョンのクライアントが扱う商品が写っている。たいていは飲食物で、無理なく場面にとけこんでいた。

ケードがファイルをジョンに渡した。「価格リストだ。もちろん全面広告より安いが、それ相当の値段だと考えている」

スカーレットは封筒を渡した。「この中に見本写真が入っているから、クライアントに見せられるわ。もちろんあくまでもサンプルよ。さらに綿密に話し合って、記事と商品の配置を検討しなくてはならないわ。商品によって簡単なものとそうでないものとがあるわね。〈クリスタル・クレーム〉みたいに『カリスマ』誌に広告を載せたことがないものもあるし。これで新しい商品へ扉を開けると考えているの」

「いったん始めたら、引き返すことはできない」ジョンは価格表を見た。「それに、裏切り行為だと責められるだろう」

「それについては話し合った」ケードが答えた。「分析したし、激しい論争もした。商品をめだつように映すテレビや映画と同じじゃないかってね」

「業界では新しいことではない」ジョンが言った。「しかし、あなた方にとっては初めてだ。道義的にあなた方が避けてきたことだ」

「新しい時代なの。変革のときだわ」スカーレットは、週末にジョンがパトリックに言った言葉をまねた。

「一つ頼みたいことがあるの、ジョン」フィノーラが言った。「独占的な権利が欲しいわ。ほかのEPHの雑誌にも、ほかの誰にも、同じことを求めないでほしいの。私たちに最初にさせて」

ジョンはうなずいた。「向こうから言ってこなければ。こちらも相応なビジネスを見逃すことはできないからね、フィン。それから、僕としても独占的権利を望むよ。数カ月は、こういう好機を誰にも示さないでほしい」

「公平だわ」フィノーラが言った。「このプロジェクトについては、スカーレットを担当にするわね。いいかしら？」

ジョンはスカーレットを見なかった。「もちろん」

「彼女がうちに合うような商品を持つ、おたくのクライアントリストを作成したわ」

「彼女はなかなか有能ですね」

一瞬の静寂が室内に流れたのち、フィノーラが冷静に言った。「おたくの会社を『カリスマ』誌に引きとめる方法が見つかって、ほっとしているわ」

「こちらもです」さて、これで僕はスカーレットといっしょに働くことにもなった。ただし、仕事は一カ月では終わらないだろう。

「よかったら、このあと、彼女と打ち合わせてもらえないかしら」

「ぜひ」

「よかった」フィノーラが、そしてケードとブリジットが立ちあがった。「では、また」

部屋にはジョンとスカーレットだけになり、二人は大きなテーブルに向かい合っていた。

「君の考えか？」ジョンがきいた。

「それが問題？」

「ただの好奇心だ。服飾編集アシスタントがどうしてこの会議に出ているのか、わからなかったんだ。君が考えついたアイデアなら、君がいるのもうなずける。だが、君なら、自分の手柄にしたいだろうと思ってね」

スカーレットは椅子の背にもたれ、腕を組んだ。

「フィンはすぐれた上司よ。彼女は私たちを手柄も責任も共有するチームに作り変えたの」

「数年前から彼女を知っているが、今ほどいらついている彼女を見たことがないな」

「後継者争いよ」スカーレットは肩をすくめた。「みんな、プレッシャーを感じているの」

「彼女が勝つべきだと思うか？　君のおじさんたちではなく、彼女がＥＰＨの最高経営責任者《CEO》になるべきだと？」

「私はおじたちのために働いているんじゃないわ」スカーレットはやさしくほほえんだ。「はい、リストよ」彼女はテーブルの上に紙をすべらせた。

ジョンはそれをつかむと、立ちあがり、スカーレットを見たまま、テーブルをまわった。彼女も彼を見ている。ジョンは彼女の隣に、香水の香りがわかるほど近くに座った。彼女独特の香りに、彼の体がすぐに目覚めた。

「土曜日の約束はまだ有効かい？」ジョンはきいた。

ドアが開いた。ジェシーがミネラルウォーターと氷の入ったグラスをのせたトレーを運んできた。

「ケードが私も打ち合わせに同席しなさいって」

「いいわね」スカーレットの口調は少し熱がこもりすぎていた。

〝研修生に救われた〟ジョンはスカーレットの心をよぎった考えを読み取った。

ジョンはノーという返事を受け入れる気はなかったので、自分でなにか考え出そうと決めた。

三十分後、会議室を出て、自分の席に向かいながら、ジョンは一つ正しかった、とスカーレットは考えた。彼の会社を『カリスマ』誌に引きとめるためのアイデアは自分のものだと主張したかった。ほめられたかったからではない。彼女はチームプレーヤーだ。祖父に自分の仕事ぶりを知ってほしかった。自分がエリオット家の名前で地位を得たのではなく、『カリスマ』誌にとって有用であると認めてほしかったのだ。

自分の席に来たとき、ジョンがすぐうしろにいるのは承知していた。彼がくれた蘭《らん》はまだ元気で、花瓶からすばらしい花があふれている。スカーレットは彼がそれを見たのに気づいた。

スカーレットはデスクの上の書類の中をさがし、目的のものを彼に渡した。

「どうも」彼はその書類をブリーフケースに入れた。「各クライアントと会って、また連絡する」

彼は去った。あっさりと。さっき自分からきいたくせに、土曜日の夜のプランを詰めもせずに。

彼を肉体的に痛めつけるさまざまな方法が、スカーレットの頭をよぎった。ジョンは忘れたのだろうか？　それとも私とゲームをしているのだろうか？　たぶん彼は、期限を決めずに、私と同じプロジェクトで仕事をするのがうれしくないのだ。

ほかの男性ならば……。

スカーレットは考えるのをやめ、椅子に腰を下ろした。デスクに肘をついて、両手に顎をのせる。ジョンはほかの男性ではない。それが問題なのだ。

彼女は恋愛では主導権をとることに慣れていたが、ジョンにリードさせようと考えていた。だが、実際には彼は……リードするタイプではなかった。

五時になり、スカーレットはエレベーターへ向かった。しょっちゅう残業をする重役でなくてよかった。祖父が後継者争いをさせはじめてから、それはいっそうひどくなっている。フィノーラ叔母のことが心配だ。叔母は緊張し、勝つと決めていて、最近ではオフィスにばかりいる。

「スカーレット！」ジェシーが赤い風船を握り締めて走ってきた。「今これが届いたの。カードはないけど、配達人があなたにですって」

スカーレットは風船の中の紙切れをのぞき見た。送り主は疑いようがない。

でも、メモにはなんて書いてあるの？

「ありがとう」スカーレットはジェシーに言うと、彼女の好奇心は無視して、待っているエレベーターに乗った。「また明日」

スカーレットは風船のひもをしっかり手に巻きつけ、頭の上で風船をふわふわさせながら、パークアベニューを闊歩《かっぽ》した。歩きながら、ほほえんでいた。すれ違う人も笑みを返す。春の霧雨が降っているが、美しい日だ。

彼は覚えが早い、とスカーレットは思った。彼女のデスクで、あるいは彼が会社に戻ってからでも、話はできたのだ。それなのに、風船を送ってきた。気がきいている。たぶん、この間の土曜日のことへの謝罪と、今度の土曜日に関する確認がメモには書いてあるのだろう。

彼女は運よく見つかった空のタクシーをとめた。そしてタウンハウスに着くと、ゲートを勢いよく開け、プールのドアへ向かい、専用の入り口に着いた。誰かが窓をたたいている。祖母が手を振っていて、正面玄関から入ってくるよう合図していた。

祖母は買い物三昧《ざんまい》をするとき以外、市街に出てくることはほとんどない。そして買い物に行くときは、スカーレットを連れていく。それはいつも一日仕事になった。

どうして祖母は前もって来ることを知らせてこなかったのだろうと思いながら、スカーレットは正面階段をのぼり、玄関から入った。

「どうしたの？」祖母を抱きしめながら、スカーレットはきいた。

「オペラよ。パトリックが会社へ寄っていけるように、早めに来たの」祖母は風船を見て、ほほえんだ。

「特別なお祝い？」

「えっ？　ああ、配ってたの。なにかの宣伝よ」

メーヴは眉をつりあげた。「これをずっと持ってきたわけ？」

スカーレットは無邪気を装い、肩をすくめた。

「今の気分に合っているから」

「風船を割って、中を見てみたら？」

「あの、私、中身はどうでもいいの。しばらく風船を楽しむわ」

祖母の目に謎《なぞ》めいた笑みが浮かんだ。「メモを私に見せたくないのなら、そう言えばいいのよ。プライバシーは尊重するわ」


そのとき、理由もなく風船が割れ、メモが宙を舞い、メーヴの足元に落ちた。スカーレットは祖母がかがむ前にそれをつかみ、持ちあげて読んだ。

〝土曜日の夜が楽しみだ。八時に迎えに行く〟

スカーレットはただのメモを見て、かろうじて安《あん》堵《ど》のため息を抑えた。祖母が読んだかどうかはわからない。

「今夜はデートなのね」祖母は目を輝かせている。

スカーレットはもう一度メモを見た。「いいえ。土曜日よ」

メーヴが指さした。「裏に別のメッセージがあるみたいよ」

スカーレットはメモを引っくり返した。〝今夜九時。君のレッスンの準備をして〟

祖母が笑った。最初は小さく、そしてスカーレットのきまり悪そうな顔を見て、心から楽しそうに。

「健全な恋愛はいいことだわ。私の知ってる人？」

スカーレットの顔は熱くなった。「おばあ様、お願い」

「今度はおじい様が認めるような人かしら?」

そうだと答えられたらいいのに、とスカーレットは思った。心の底から。だが、彼女がジョン・ハーランを選んだことを喜ぶ人は一人もいない。

メーヴがスカーレットの腕をたたいた。「いやならパトリックには言わないわ」

「ただ、まだその気になれないだけよ」

「もちろん、そういうことなら、今はなにもしないわ。そうそう、今夜、ヘリコプターで〈ザ・タイズ〉に戻るの。だから、朝になって、あなたの彼氏を私たちに見られる心配はないわよ」

祖父の気が変わって、朝になっても、ここにいるかもしれないというのに、ジョンを今夜泊めることはできない。

「オペラを楽しんできて」スカーレットは祖母に言った。

「今週末は訪ねてこないのね?」

スカーレットは笑った。「いってらっしゃい」

自分の部屋に入ると、彼女はすぐにジョンに電話をかけた。

「風船を受け取った?」ジョンの声にはセクシーな期待がいっぱいだった。

「祖母が受け取ったわ」

「なんだって?」

やった。少なくともお返しはできた。「土曜日に関するあなたのメモを私が読んでいたら、その裏のメッセージを祖母が読んでいたの」

鋭くて簡潔なののしりの言葉を聞いて、スカーレットはなぜかわからないが、リラックスした。

「なにか言われた?」ジョンが尋ねた。

「一晩過ごしても大丈夫だって」

長い沈黙。「なんだって?」

「メモにあなたの名前はなかったから、あなただってことは知らないの。ただ、私の彼氏が泊まっても大丈夫だって。祖母と祖父は今夜ヘリコプターで帰るから」

また沈黙。「そんな危険は冒せない」

「私も」

「がっかりしてる？」

スカーレットはすぐには返事をしなかった。答えがわからなかったのではなく、どんなにがっかりしているかをジョンに知られたいのか、よくわからなかったからだ。

「イエスってことらしいな。だが、土曜日の夜はまだ有効だね？」

「もちろん」

「スカーレット？　あの、土曜日の夜のことだけど……口説きのレッスンになるはずだから、たとえば本物の初めてのデートみたいにするのかな？」

「おまけのお楽しみはなしかってきいてるの？」

「どう考えたらいいのかを知っておきたいんだ」

「初めてのデートよ。あなたがこれまで犯したミスについては、もう片づけたわ。ほかにも修正すべきことがあるかどうか見てみましょう」

「わかった」

ジョンが落胆しているかどうかはわからなかったが、想像はできた。だが、スカーレットはどこまで自分のルールにこだわれるかわからなかった。彼女は土曜日の夜のカントリークラブの件で、まだ興奮していた。今日、会議室で彼の隣に座っただけで、暗い場所を見つけて、うずいている欲望を片づけたいと願ったのだ。

「じゃあ、またね、ジョン」彼女はできるだけ陽気に言った。

「ああ、また」

スカーレットは楽なパンツとトップスに着替え、

チキン・シーザーズサラダの残りを冷蔵庫から出し、デザイン帳を手にソファに落ち着いた。最近は異常なくらい創作意欲があって、デザインがあふれ出し、一カ月もたたないうちに、すでに一冊はいっぱいになり、次も半分までうまっていた。

心理学者なら、ジョンへの抑圧された欲望を社会的に認められる代用品に昇華している、と言うだろう。一時間以上たち、彼女はデザイン帳を置いて、リビングルームの窓辺に立った。歩道を人々が歩いている。おそらくディナーへ出かけるか家へ帰るのだろう。一人の人は足早だ。カップルはぶらぶら歩いている。

私が最後にデートしたのはいつだろう？　サマーか女友達以外の誰かとディナーに出かけたのは？去年のいつごろか、祖父が嫌うような人とデートをして、彼をいらつかせようとするのをやめた。誘われはしたが、口実を作って断ったのだ。

思い返してみると、ジョンとサマーが真剣な交際を始め、スカーレットが彼に恋してしまったときに、デートするのをやめたことに気づいた。家で裁縫をして過ごすことが多くなった。サマーが心配して、ジョンと三人で出かけようと誘ってくれたが、スカーレットは創造力を駆使し、あらゆる口実を作った。

皮肉なことだが、ジョンが相手だったら、祖父は認めていただろう――もし彼がサマーと婚約した人でなかったら。パトリックはスキャンダルにはことのほかきびしい。十五歳だったフィノーラ叔母に、未婚で産んだ赤ん坊をあきらめさせたのは、体面を保つためだった。パトリックの後継者争いでフィノーラがあれほど勝とうと必死になるのは、赤ん坊を奪われてから二十年以上、彼に抱いてきたうらみのせいだろうとスカーレットは考えていた。

電話が鳴り、もの思いを破られ、彼女はほっとした。

「撮影場所に〈ユンヌ・ニュイ〉はどうだろう?」

ジョンがいきなり言った。「モデルがテーブルに向かって座り、メニューを見ている。そこにレストランの名前が書いてあって、世界中が目にするんだ」

「それは利害の衝突が生じる可能性があるわね。あそこのオーナーはいとこのブライアンよ。彼はあなたのクライアントなの?」

「新顔だ」

「ブライアンはあまりめだちたがらないと思うわ。それに、予約はいっぱいだって聞いているし」

「彼の計画については君に話せない」

「話せないの? それとも知らないの?」

「好きなように考えてくれ」

スカーレットはほほえんだ。信頼を裏切らない男性は好きだ。「あなたは夜も仕事をしているの?」

「そうするか、でなければ一晩中冷たいシャワーの下に立っているよ」


スカーレットはソファに身を沈め、電話を引き寄せた。「私に教えることがあるって書いてあったけど、本気なの?」

「僕は知っているが、君はまだ知らないことがね」

サマーはどうしてこの人と別れたのだろう? スカーレットは不思議でならなかった。彼は頭の回転が速く、おもしろく、悪賢く、セクシーだ。これ以上、女性はなにを求めるだろう?

「今夜の計画を金曜日に変更したい?」彼がきいた。

「無理よ。マイケル・ソーの新しいスタジオでパーティがあるの」

「一晩中っていうわけじゃないだろう」

「そのあと、ジェシーを〈ユンヌ・ニュイ〉に連れていくって約束したの。ごめんなさい」

一瞬の間。「じゃあ、やはりデートレッスンは土曜日の夜ってことだな」

「早めに誘ってくださってよかったわ」スカーレッ

トは気取って言い、ジョンが笑うと、ほっとした。

「ジョン?」

「なんだい?」

「考えていたのよ」スカーレットは彼がなにかしゃれたことを言い返すかと思ったが、彼はなにも言わなかった。たぶん彼女の緊張を感じ取ったのだ。

「口説きのレッスン以上のことはするべきじゃないんじゃないかしら」

「つまり?」

「今夜、祖父たちに見つからなかったのはついていたのよ。たぶん、私たちが付き合うべきではないという暗示だわ」

「そんなものを信じるのかい? 予兆とか運命とか?」

「場合によってはね」

「そんな大きな決断をする前に、一晩眠って考えないか? 土曜日に話し合おう。デートのあとで」

言い争いたくなかったので、スカーレットは言った。「私はそれでいいわ。じゃあ、おやすみなさい」

「すてきな夢を見るんだよ、スカーレット」

ジョンの話し方に、スカーレットはとろけそうになった。彼女の決意に、彼はがっかりしたはずだが、その声に不快さは感じられなかった。スカーレットが彼だったら、腹を立てていただろう。

スカーレットは時計を見た。今すぐ気を変えれば、まだ間に合う。タクシーをつかまえて、彼を驚かそう。彼は家に一人でいる。きっと喜んで……。

しかし、スカーレットは熱い風呂に入り、ベッドへ行った。すてきな夢をさがして。

ジョンはその夜の仕事の成果を印刷し、書類をまとめて、ブリーフケースにしまった。グレンフィディックをグラスにつぎ、ためらってから、たっぷりついだ。舌触りのいい高価なスコッチはサマーが婚約破棄した日を思い出させるはずだったが、彼が思い出したのはスカーレットとの最初の夜だった。

彼はグラスを持って、窓の外を眺めた。いつの間にか雨が降りだしていた。彼は明かりを全部消し、スコッチを飲み、思い出していた。彼が服を脱ぐときの彼女の目つき。彼女の赤い下着。彼女が出した声。コートを忘れて逃げ出した彼女。ジョンはベッドに座り、鼻先でコートを握り締め、彼女がいなくなってからもずっと彼女の香りをかいでいた。

彼女にまた、少なくともあんなふうに会えるとは考えていなかった。その点で、彼は間違っていた。

そしていつの間にか、ベッドに行き着く希望なしに、土曜日の夜を彼女と過ごすことになった。もうベッドをともにすることはないのかもしれない。

ジョンはスカーレットと最初にベッドをともにしてから、脳細胞がすべて焼けこげてしまったのではないかと思っていた。自分がのぼせあがっているのはわかっている。頭から彼女が消えないのだ。今でさえ、彼女のことを考えるだけで体がこわばる。こんなに手に負えない状態になるのはティーンエージャーのころ以来だ。

このことに欲望以上の意味があるとは考えられない。またエリオット家の女性に傷つけられるのはいやだ。人生を混乱させられるのも。

だが、スカーレットが欲しい……。

どうとでもなれ。ジョンは空のグラスをカウンターに置き、コートとキーをつかむと、部屋を出た。誰かが起き出す前に彼女の家から抜け出すことも、彼女に性的関係をあきらめないよう説得することもできるだろう。

だが、エレベーターのドアが開くと、彼は誰もいないエレベーターを見つめた。ドアが閉まり、彼は部屋に戻った。大きくて静かなアパートメントへ。そして一人でベッドに入った。

7

〈ユンヌ・ニュイ〉は何曜日でもにぎわっているが、今日は金曜日だ。金曜日は特別で、いつにもまして若い、今風の雰囲気になる。ニューヨークの色――黒――を身にまとったおしゃれな人たちが大胆なフランス風アジア料理を楽しんでいる。この料理のことは何度もマスコミに取りあげられ、ここを最新流行の店に押しあげた。

スカーレットはジェシーを連れて、レストランの入り口近くの込み合ったバーを進み、いとこのブライアンをさがした。彼はスカーレットたちとディナーをともにするかもしれないが、だいたいは積極的なオーナーとしてテーブルの間を歩きまわっている。

ボーイ長のカウンターの手前まで来たとき、スタッシュ・マルタンが現れた。このハンサムで三十代初めのフランス人はマネージャーで、ブライアン同様、店には欠かせない存在だ。

「スカーレット、いらっしゃいませ」二人はたがいの頬にキスをした。

「いかれてるわ」スカーレットはにこにこしながら、店内を見まわした。

「でも、この店らしい。ブライアンをさがしているなら、彼はいませんよ。街を出ている。また」

「どこへ行ってるの？」スカーレットはとりあえず尋ねてから、店のようすに目をまるくしているジェシーにスタッシュを紹介した。ブライアンは自分の店を愛してはいるらしいが、いつも冒険に出てしまう。しょっちゅう留守にしているが、信頼できるスタッフのおかげで、店は成功していた。

「テーブル席がいいですか？」スタッシュがきいた。

「うちの家族は誰か来ているかしら？」

「誰も。エリオット家のテーブルは空いてますよ」

「どうする？」スカーレットはジェシーにきいた。「テーブル、それともカウンター？　どのくらいおなかがすいてる？」

「あんまりすいてないから、カウンターがいいわ」

「ここでちょっとお待ちください」スタッシュはボーイ長に近づいていった。

　スカーレットはジェシーに、雑誌で使ったデザイナーの服を借りてくるよう指示してあったが、いつものお下げ髪をほどかせることまではできなかった。黒い革のパンツとタートルネックで、いつもと違って今風に見える。普段はカラフルな服でめだっているスカーレットも、ミニスカートにブーツにベルトつきの革ジャケットとすべて黒だった。髪はゆるやかなアップにまとめてある。これで自分の違った面を見せられると彼女は考えていた。

　戻ってきたスタッシュがカウンターの中央に座っているカップルを指さした。「あの二人のうしろに立っていてください。あなたたちがあそこに行ったらすぐに、あの二人はディナーに呼ばれますから」

　スカーレットは彼にほほえみかけた。「あなたって最高ね」

　スタッシュはスカーレットの手を持ちあげてキスをし、彼女はわざとらしく目をしばたたいた。

「いつになったら僕とベッドをともにして、僕を君から解放してくれますか、いとしい人《マ・シェリ》？」スタッシュがいつものようにきいた。

「じきに」スカーレットがいつものように答える。

　数分後、彼女とジェシーはカウンターに座り、飲み物を待っていた。

「私、こういうの初めて」ジェシーは雰囲気に圧倒されたように言った。「映画みたいだわ。赤と黒でセクシー。それに、あの銅色のテーブルもすてき」

「あとで、なにか料理も注文しましょう。とてもおいしいのよ」目の前にアップルマティーニが置かれると、スカーレットはバーテンダーにほほえみかけ、ジェシーと乾杯した。「大都会での冒険に」

「もっと楽しみたいわ。いつか。お給料をもらえるようになったら。私の蓄えはすべて行き先が決まっているのよ。今日はごちそうさま」

「『カリスマ』誌で頑張れば、研修期間の終わりに社員にしてもらえるわよ」スカーレットはマティーニを一口含み、周囲に目を向け、カウンターの端にいる男と目が合った。男は彼女にグラスを持ちあげてみせた。スカーレットはほほえんだが、目をそらした。だがジェシーが興味があるかもしれないので、つれなくすべきでなかったと気づいた。彼にもう一度チャンスをあげようと決めたとき、ジェシーの言葉が聞こえた。

「広告代理店の人がいるわ。ジョン・ハーランが」

スカーレットはびっくりした。「どこ？」

「あなたのうしろのテーブル、角の」

スカーレットは振り返ろうかどうしようか迷った。彼が女性連れだったら、知りたくない。

「あなたを見ているわ。私があなたに彼のことを話しているのに気づいているみたい」

「ふうん」スカーレットはゆっくりとマティーニを飲んだ。ジョンとジェシーがおたがいに気づいているのなら、礼儀正しい彼はこちらへ来るだろう。スカーレットは彼のほうから挨拶《あいさつ》に来るのを待つことにした。それまでは、彼が誰といるかは考えないことにしよう。

「彼があなたの妹さんと婚約していたって、ほんとうなの？」ジェシーがきいた。

スカーレットはため息をついた。「二人はバレンタインデーに婚約したけど、二週間後にサマーが破棄したの。ちょうどあなたが採用されたころね」

「そっくりなあなたと会ったり、いっしょに仕事をしたりするのは、彼にとって変な気分でしょうね」

〝よくわかってるわ〟スカーレットも初めのうちは自分が妹の代用品にすぎないのかと考えたが、今ではそうではないと考えていた。二人には二人なりの関係がある。そして楽しくはあるが、すぐに避けられない結末が来ることを、スカーレットは常に意識していた。ただデートをして、その成り行きを見ることもできないのだ。たとえサマーが――そして祖父が――認めたとしても、スカーレットの評判のせいで、ジーク・ウッドローが現れる前に、スカーレットが二人のじゃまをしたと噂《うわさ》されるだろう。そんなつらい思いをするほどのことではない。

ほんとうにそうだろうか？

カウンターの端にいた男が近づいてきて、スカーレットは答えを出さないですんだ。二十代後半、とスカーレットは踏んだ。彼女より少し背が高くて、ブロンドに青い目。さほど洗練されてても、すれてもいないようだ。ということは、おめあてはジェシーかもしれない。ジェシーの関心をジョンからそらさせるのはいいことだ。

「あなたたちは姉妹でしょう」男が言った。

スカーレットはジェシーの目を見た。ジェシーはぎょっとしているようだが、スカーレットはほほえんだ。「同僚よ」

「僕はリッチだ」

「私、お金はどうでもいいの」ジェシーが答えた。

スカーレットは笑った。「名前がリッチなんだと思うわ。彼女はジェシー、私はスカーレットよ」

「君が誰かは知っている」リッチはスカーレットに言い、彼女のスツールの背に手を置き、彼女に触れそうになった。「ジーク・ウッドローといっしょの写真を新聞で見たよ」

スカーレットはカウンターに体を近づけた。「あジェシーはストローで氷をかきまわすと、口にくわえて、ゆっくりと引き抜き、彼の関心を引いた。

「ねえ、リッチ、父ならあなたをおもしろいと思うでしょうね」

「お父さんが？」

「父にはあなたにぴったりの口癖があるのよ。〝哀れなリッチ。帽子の下には髪しかない〟」

スカーレットは中身をこぼす前に、グラスを置いた。ジェシーのリッチのさばき方から、彼女が見かけほど世間知らずではないらしいことがわかった。

「いやな女だ」彼は腹を立てていた。「おまえなんか――」

スタッシュが動いたが、ジョンにさえぎられた。彼はリッチからグラスを奪い、カウンターに置いた。

「新しい遊び場をさがしてこい」ジョンは彼の肩をぎゅっとつかんだ。

リッチはにらみつけたが、なにも言わず、ただ不れは偽物なの」ほんとうはスカーレットの服を着て、グルーピーのように見せたサマーだった。スカーレットは空になったグラスをバーテンダーに見せた。

「僕のおごりで」リッチがバーテンダーに言った。

「いいえ、けっこうよ」スカーレットは彼とは付き合いたくないと考えた。そしてスタッシュと目が合うと、リッチのほうへ小さく首を傾けた。スタッシュが近づいてきた。

「モン・プティ・シュー」スタッシュはリッチを押しのけ、スカーレットに芝居としては必要以上に長くキスをした。ジョンはどう思っているだろう、とスカーレットは思った。「待たせてすまない、マ・シェリ」スタッシュは彼女の首に顔をすり寄せた。

「今回だけよ」スカーレットはスタッシュのほうに体を寄せ、スタッシュは彼女の肩を抱いた。

リッチはすぐにジェシーに関心を向けた。「おごらせてもらえるかい、ジェニー？」

機嫌そうに去っていった。

「大丈夫かい？」ジョンがジェシーにきいた。

「ええ。楽しかったくらい」ジェシーは笑った。

スカーレットはジョンが自分に関心を向けるのを待ったが、彼はおやすみと言って去っていった。スカーレットは彼が店を出て、窓の前を横切り、いなくなるのを見ていた。そのときになって、彼が座っていた席のほうを見た。そこには三人の女性がいた。

「彼に連れはなかったよ」スタッシュがささやいた。

スカーレットは、スタッシュに感づかれてしまったらしいので、雰囲気を変えようと決めた。「助けてくれてありがとう。でも、〝モン・プティ・シュー〟って？」

「僕のちっちゃなキャベツ」スタッシュの目が輝き、ジェシーは笑った。

「意味は知ってるわ」

「好きな人を呼ぶ言葉だよ」スタッシュはほつれていたスカーレットの髪を耳にかけた。「お嬢さんたちは刺激には満足して、ディナーにしたいんじゃないですか。テーブルの用意ができてますよ」

スカーレットは、ジョンのことをゆっくり考えて、今のことをどう片づけるか見極めないと、たとえば彼を追っていくといった、とんでもないことをしかねないと思った。「食欲が出てきたわ。あなたはどう？」ジェシーに尋ねた。

「大きなステーキでも食べられそう。粋《いき》がってる愚かな男の鼻をくじくのって、最高に食欲がわくわ」

スカーレットはほほえんだ。いっしょに出かけてきてよかった。ジェシーのことがよくわかった。

「あなたのお父さんはほんとうにあんなことを言うの？」

「あら、ええ。格言だらけよ」

「お父さんはなにをなさっているんですか？」テーブルまで来ると、スタッシュがきいた。

「牧場主よ」

「投げ縄をしたり、馬に乗ったり？」

「息をするのと同じぐらい簡単にね」

スタッシュは眉をつりあげた。「カウガールに会ったのは初めてだ」彼は通りかかったウエイターにメニューを持ってくるよう指示した。

「まず化粧室に行ってくるわ」ジェシーはスカーレットにそう言うと、レストランの奥へ向かった。

スカーレットはスタッシュがジョンのことをなにも言わないでくれたらいいと願ったが、そこまでのつきはなかった。

「さてと。妹さんのフィアンセ？」

「元フィアンセ」

「そして君」

「違う。偶然、同じときに、同じ場所にいただけ」

「嘘つき《テ・マントーズ》」

「嘘《うそ》なんかついてないわ」実際、いっしょだったわけではない。それぞれに楽しんでいただけだ。

「彼はあなたに気づいた瞬間から、じっと見つめたままでしたよ」

スカーレットは身を隠せるメニューが欲しかった。

「ジョンの行動にまで責任は持てないもの」

スタッシュはただほほえんだ。「ブライアンがいたら、料理は店のおごりだって言うでしょうね」

「彼は私のお気にいりのいとこだもの」

スタッシュはにやにやしながら、いなくなった。

だいぶたって、スカーレットとジェシーは一台のタクシーに乗った。スカーレットの家は〈ユンヌ・ニュイ〉からすぐだったので、先に降りた。ジェシーはすばらしい夜を過ごさせてくれたことに何度も礼を言い、そのまま乗っていった。

階段をのぼるスカーレットの頭の中は疑問でいっぱいだった。ジョンに電話すべきだろうか？　彼は怒っている？　今はほうっておいたほうがいい？

三階まで来て振り返ると、ドアのわきの壁にもたれているジョンがいた。彼女は足取りをゆるめ、彼を観察し、機嫌を推しはかろうとした。あの輝くようなえくぼが見たかったが、どうやらその可能性は薄そうだ。

スカーレットが近づいても、ジョンはまったく動かない。彼女が鍵《かぎ》を差しこむと、肩が彼の胸に触れた。「私が誰かといっしょだったら、どうするつもりだったの？」穏やかにきいたが、胸は高鳴っていた。

「中に入るのをあきらめさせた」

スカーレットはドアを開け、中に入った。ドアは開けっぱなしだが、彼に入れとは言わなかった。ジョンは中に入り、ドアを閉めた。

スカーレットは玄関口のテーブルにバッグを投げ、腕を組んだ。「どうしたいの、ジョン？」

「答えはわかっているはずだ」

「それ以外には？」

「君は僕を無視した」

「あなただって私を無視したわ」彼がレストランで、スカーレットではなくジェシーに話しかけたことで、彼女は困惑し、腹を立てていた。

「スタッシュと仲よくしていたから、じゃましたくなかった」

「スタッシュとはふざけ合っていただけだわ」

「君にどうこうしろとは言っていない。特別な関係ではないんだから」

スカーレットは、たとえ一カ月だけだとしても、特別な関係だと思いたかった。

「じゃあ、問題ないわね。私は誰にも自分のことを説明する気はないの」彼女は背を向けた。次にどうしたらいいのかわからないが、ジョンを見ていられなかった。

「ねえ」ジョンが近づいてきて、彼女の肩に触れた。

スカーレットは身を引いた。

「こんなふうになるとは考えていなかった」ジョンの声にはいらだちが感じられた。「ただ、明日の夜になる前に、すっきりさせておきたかったんだ。今夜のことがもやもやしていたら、デートのまねだって耐えられないよ」

「〝今夜のこと〟ってなにかしら？　どうして怒っているの？」

「店で君があんなくだらない男といちゃついて、次はスタッシュが現れるのを見ているのが楽しいと思うか？　僕がそこにいるのを君は知っていた。ジェシーが教えたのがわかったよ。僕に妬《や》かせようとしたのか？」

スカーレットはぱっと振り向いた。「あの間抜けは勝手に近づいてきたのよ」彼女は自分の行動を説明しないというルールを破った。「彼をちょっとその気にさせたのは、ジェシーに気があるかもしれないと思ったからだわ。でも、くだらないやつだってわかったから、スタッシュを呼んだの。スタッシュとふざけたのは、騒ぎを起こさないため。だけど、あの男はどうしようもないやつで、手に負えなくなった。とにかくスタッシュは友達。それだけよ」

「僕を呼ぶことだってできた」ジョンが静かに言った。

彼は傷ついているの？　そこが問題なの？　スカーレットは一瞬、目を閉じた。彼は私に対して正直になっているのだから、私もそうしよう。「私はカウンターから振り返らなかった。だから、あなたに連れがいるかどうか知らなかった。知りたくなかったの」

「たとえそうでも、君を助けに行っていた」

「あなたの連れは喜ばなかったでしょうね」

ジョンは彼女の肩に手を置いた。「どうして僕が〈ユンヌ・ニュイ〉に女性を連れていくんだ？　君が行くと知っていたんだよ。どうしてそんなことをする？」彼は返事を待たなかった。「僕をそんな無礼だと思うなんて、普段はいったいどんな男と付き合っているんだ？」

「明らかに違う人種ね。でも、それを変えようとしているところよ」

ジョンが緊張を解くのがわかった。

「僕は意図的に人を傷つけたりしないよ、スカーレット。洗練された人間だからね」

スカーレットはジョンの胸に両手を置き、彼の目を見た。だが、言葉は出てこない。人生でいちばん長い三十秒間がたつと、ジョンは両手を上げて、彼女の髪留めをはずし、髪を顔のまわりに流し、指でといた。彼の手が彼女の頭を包み、顔を近づけてきた。スカーレットは不意に靴を脱いで、彼と同じ高さになるために背伸びしたいような気持ちになった。そんな自分に、彼女はほほえんだ。

「なんだい？」ジョンがきいた。

「あなたといると、なんだか……女っぽい気分になるの」

ジョンの口の片端が持ちあがった。「それはいいことかい？」

「そんな気持ちにさせてくれる人は初めてよ」

「もう一度きくけど、それはいいことなのか？」

「ええ」

「前はどんな気分だった？」

「どうかしら。対等。でなければ、支配的だったかもしれない」スカーレットはそれ以上彼に話したくなかった。彼女をからかう武器を与えたくなかった。ただ彼といると、違った気持ちになることだけはわかっていた。

「君は僕に対してずいぶんと支配的だよ」ジョンはまだスカーレットの頭を押さえて、彼女を近づけたままでいた。彼の吐息が顔にかかる。美しいダークブラウンの目には、やさしさと欲望があふれている。

スカーレットの笑みが広がった。「比較にならないわ」

「ほう」ジョンは彼女の唇に一度、二度、そしてもう一度キスをした。「君といると、僕も違った気分になる」

ようやくジョンの唇がスカーレットの唇に落ち着き、彼の舌が舌を求めた。彼女は彼に腕をまわした。

おたがいの抵抗もこれまでだ。

スカーレットはため息をつき、欲望に屈した。内からこみあげる切迫した声を抑えようともしなかった。それがジョンをいっそう刺激した。彼は彼女を引き寄せ、片手を背中にすべらせると抱きしめ、どれほど求めているかを伝えた。彼女は彼に腰を押しつけ、暴力的といえるくらい激しくキスを返した。

ジョンはスカーレットの髪をつかみ、頭をうしろにそっと引っ張ると、彼女の首に舌を這《は》わせた。それから彼女のジャケットのベルトを夢中になってはずし、ジャケットを押しのけると、それが床に落ちる小さな音が聞こえた。スカーレットはジョンに飢えていた。これまでこんなに求めたことはない。

ジョンはスカートのジッパーをいじり、スカートも床に落ちて、スカーレットは黒のブラジャーとパンティとブーツだけの姿になった。胸の先端は痛いほど硬くなっている。

ジョンは一歩離れ、シャツのボタンをはずし、裾《すそ》を引き抜いた。

スカーレットはジョンのウエストバンドに指をかけて、彼を引き寄せた。彼がどうしても欲しい。彼の前に膝をつき、スラックスの前に唇を押しつけると、彼の欲望はさらに強まった。スカーレットは彼のベルトのバックルに手を――。

電話が鳴った。

「留守番電話に切り替わるわ」スカーレットがスラ

ックスの上から手を動かすと、ジョンが頭をのけぞらせるのが見えた。

二度目のベル。

ジョンはスカーレットを立たせ、ブラジャーのホックをはずすと、ほうり投げた。

三度目。

ジョンは彼女の胸を包み、親指で先端をこすり、口に含んだ。

四度目。

〝留守にしています。メッセージをどうぞ〟スカーレット自身の声が留守番電話から聞こえた。

「ハーイ、私よ！」

サマー。

ジョンは凍りついた。

「遊びに出かけているのね。たぶん携帯に電話するわ。二日も話していなかったから、寂しくなったの。少しだけね」サマーは笑いながら付けたした。「スカー、言葉にできないくらい幸せよ。ジークってすばらしい人だわ。あなただって夢中になったはずよ。ほんとうに……言葉にできないわ」

ジョンは背筋を伸ばし、あとずさりすると、シャツの裾をスラックスにしまった。二人の目が合う。スカーレットは裸で、魂まで見透かされている気分だった。だが、彼の考えは読み取れない。表情を隠しているのだ。

「ジーク、やめて。スカーに話しているんだから」

電話の向こうで低い声が響いたが、言葉までは聞き取れなかった。

ジョンはスカーレットのジャケットを拾いあげた。彼女は背を向け、着せてもらった。そして前を合わせてから、彼と向き合った。

「やっぱり携帯にはかけないわ。ほかにすることが……」サマーが笑った。「できたの。またね。バイ。会いたいわ」

スカーレットは言葉が出なかった。冗談にはできない。ぜんぜんおもしろくないし、それに気楽に扱ってどうなるものでもない。

二人の関係が危険なものだと思い出させるのに、これ以上のものはなかった。踏みとどまることが大事だ。二人はもっと努力しなければならない。

だが、落胆と不安の色がスカーレットの目に表れていたらしく、ジョンは彼女の顔にそっと手を添えた。彼女はその手に手を重ねた。

「明日の夜だね？」彼がきいた。

スカーレットはうなずいた。彼といっしょにいられるチャンスを逃すつもりはない。

ジョンはキスも、抱きしめることもせずに出ていった。ただジャケットとパンティとブーツ姿の彼女をじっと見つめただけだ。

スカーレットは生まれて初めて、妹がいなければよかったのに、と思った。

8

土曜日はなかなか夜にならなかった。スカーレットは着ていくものを決め、アイロンをかけ、アクセサリーを選び、時計を見た。正午だ。まだ何時間もある。普段なら裁縫をするところだが、今はだめだ。興奮しているし、今日は気持ちよく晴れた最高の日だ。ＥＰＨのビルまで五キロほど歩き、会社のジムで運動をしようと決めた。

ジムではすべての筋肉が熱くなるまで体を動かし、それからシャワーを浴び、タオルを巻いて、サウナに落ち着いた。頭からジョンを締め出せればよかったが、サマーの声が留守番電話から聞こえたときの彼の顔と、彼がすぐに帰ってしまったことが忘れられなかった。

あのあとで彼に抱いてほしかったわけではないが、でも……。

サウナのドアが開き、フィノーラが入ってきた。彼女は重役専用セクションを使えるのに、そうはしなかった。最高経営責任者《CEO》争いに巻きこまれた四人兄妹は、家族の絆《きずな》を保とうとしていたが、今は家族よりも競争だった。

「気持ちよく動けた？」フィノーラはスカーレットから少し離れたところに座った。

「ちょっと無理したわ。必要だったのよ。二週間ぶりだから。明日はその報いがあるでしょうね」

「私はマグダにマッサージをしてもらったわ。今なら彼女をつかまえられるかもしれないわよ」

スカーレットはドアから顔を出し、ちょうど通ったマグダにマッサージを頼むと、サウナに戻った。

「あなたが自分を大事にしてくれてほっとしたわ」スカーレットは叔母に言った。「心配しているのよ。みんな心配しているわ」

「人生のうちのわずか一年よ。なんとかするわ。勝ったあとでなら、時間はたっぷりできるもの」フィノーラは頭をうしろにもたせかけ、目を閉じた。

「ゆうべは帰ったの？　それともオフィスのソファで寝たの？」

「オフィスよ」フィノーラはもの憂げに言った。

「新しいプロジェクトは順調？」

「すべて順調よ」

「ジョンと仕事をするのは？」

「大丈夫」スカーレットはフィノーラに彼とのことを知られたくなかった。「仕事だもの」

「新しい研修生はどう？」

「いいわ。ジェシーはいい目をしているのよ、フィン。彼女を正規採用することを考えてほしいわ。彼女はものになるわ。競争相手にとられるより、うちで確保しておいたほうがいい」

ドアが開いた。「ミズ・エリオット、今いらっしゃれば、四十五分あるとマグダが言っています」

「すぐ行くと伝えて」

スカーレットは叔母に近づき、腕をたたいて、目を覚まさせた。「みんな、あなたに勝ってほしいのよ。でも、そのときに病気では困るわ」

「私なら大丈夫よ。行きなさい」

スカーレットはジムのスタッフに、フィノーラを十五分以上サウナにいさせないよう、念を押した。彼女は眠ってしまうだろうし、誰にも知られずサウナに何時間もいることになりかねない。

一時間後、スカーレットはすっかりリラックスして、エレベーターに向かっていた。靴を買おう、と決めた。時間つぶしになる。

「ミズ・エリオット」ジムのスタッフが駆け寄ってきた。「おじい様がお会いになりたいそうです」

スカーレットはうめくのをこらえ、スタッフに礼を言うと、エレベーターのボタンを押した。マッサージを受けていなければ、とっくにここを出ていただろう。タイミングの悪さに、ため息をついた。

彼女は二十三階にはほんの数回しか行ったことがなかったし、『カリスマ』誌で働くようになってからは一度もない。祖父のオフィスは〈ザ・タイズ〉やマンハッタンのタウンハウス同様、古いヨーロッパスタイルで、祖母との旅行で集めたアンティークが並んでいた。なじみのある雰囲気ならくつろげるはずだが、祖父がいては、それはありえない。

おばあ様はおじい様に風船のメモの話をしたのかしら？　話さないと言っていたけれど、でも……。

祖父のアシスタント兼お目付役のミセス・ビトンは席におらず、オフィスのドアが開いていた。スカーレットは中をのぞいた。

祖父は電話中で、彼女を手招きした。

「時間どおりに行くよ」彼は電話の相手にやさしく話していた。「仕事もやりすぎない。実は、ちょうどスカーレットが来てくれたんで、しばらくあの子と話してから、うちへ帰る」

おじい様は実に都合よく事実をゆがめている。スカーレットは首を振った。まるで私が自分の意思で寄ったみたいだわ。ありえない！

スカーレットは奥の壁にかけてある、花嫁姿の祖母の絵に近づいていった。エリオット家の娘はどこかしら彼女に似ている。この絵ではフィノーラによく似ていた。

「この世でもっとも美しい女性だ」祖父がスカーレットと並んで言った。

「内面もね」スカーレットが言った。

「どうして彼女が私にこんな長い間連れ添ってくれたのか不思議だ」

スカーレットは彼と同意見だったが、だからこそ、なにも言わなかった。

「黙ったままか？」

スカーレットはほほえみ、肩をすくめた。祖父は彼女にデスクの前の椅子を勧めた。意外なことに、彼はデスクの向こう側ではなく、隣の椅子に座った。

どうやら今日はスカーレットを威圧したくないようだ。どうなっているのだろう？

「なにか飲むか？」祖父がきいた。

スカーレットの好奇心はますます強まった。「いいえ、けっこうよ。どんな用かしら？」

「最近、特に付き合っている男はいるのか？」

スカーレットは警戒した。「どうして？」

「ただの雑談だよ」

「いつからそんなことをするようになったの？」言葉が思わずすべり出た。スカーレットは皮肉を言ったことを後悔したが、祖父の質問に不安になった。ジョンのことを知っているのだろうか？　まさか。

もし知っていたら、単刀直入に尋ねていただろう。

祖父は口をぎゅっと結んだ。「おまえの暮らしに興味を持ってはいけないのか？」

「じゃあ、ただの雑談だっていうの？　ほんとうは私がデートをしているのか、その相手が誰なのか、どうでもいいんでしょう？」

「そんなことはない」祖父は気まずそうに、姿勢を変えた。

「もし私が、そう、ジョン・ハーランと付き合っているって言ったらどうする？」祖父を試すなんて、愚かなのかしら。それとも勇敢なのかしら。

「おまえが素直に答えてくれないだけだと思うだろうね」

「どうして？」

「そんな形でおまえが妹を裏切ることはありえないからだ」

〝裏切る〟一カ月が過ぎたら、ジョンと付き合えない理由はいろいろ考えついたが、サマーを裏切ることになるとは考えもしなかった。サマーがジョンを捨てたのだ。私が奪ったのではない。だが、祖父は裏切りだと考えるだろう。

「ジョンだって、おまえとは付き合わないはずだ。冗談でもそんなことを言うのはやめなさい。おまえが彼と踊っているのを見て、驚きはしたがね」

スカーレットは言葉を失った。

「よろしい。言いたいことはわかった」少し間をおいてから、祖父は言った。「個人的な質問はなしだ。ここへ呼んだのは、おまえがいい仕事をしていると聞いたからだ。有能で独創的だと言われているらしい。おまえを誇りに思っていると伝えたかった」

スカーレットはびっくりして、さらに黙っていた。祖父にほめられた記憶はない。「ありがとう」かろうじてそう言い、涙が出そうになるのをこらえた。

「期待しているよ、スカーレット。サマーはロックスターなんかと行ってしまった。仕事に戻るとしても、じきに子供が生まれる。おまえは腰を落ち着けているだろう。夢見るタイプじゃないからな」

スカーレットはまたショックを受けたが、今度は憤りを感じた。おじい様はこれでほめているつもりなのだろうか？「どういう意味かしら？」

「おまえは将来のEPHを背負うだろう。おまえの叔母さんのように、仕事に専心するだろうとね」

フィノーラが生き急いでいると考えるスカーレットは、叔母のように専心したいとは思わなかった。それに、スカーレットは編集者ではなく、デザイナーになりたいのだ。自分のしたいことをできるようになるのに、どれだけ家族として義務を果たせばいいのだろう？

「いつものように私に議論を吹っかけたくはないようだね」

「たぶん大人になったんだわ」

「そうなら、うれしいね」

スカーレットは真顔を続けた。「おじい様が年をとったからなんかじゃないわ。ただ心臓発作かなんかを起こさないよう注意しているだけ」

「年をとった？」祖父がどなった。

スカーレットは深呼吸した。ようやくいつものおじい様になった。祖父が怒っているすきをついて、頬にキスをし、優位に立っている間に立ち去ることにした。「またこうして会いましょう、おじい様」

祖父の含み笑いを聞きながら、スカーレットは部屋を出た。彼女もほほえんでいたが、エレベーターに乗ると、サマーを裏切るという祖父の言葉を思い出した。サマーは裏切りとは思わないだろうが、喜ばないのはたしかだ。

スカーレットはいつも、サマーのためになるようにしてきた。自分自身の愛や情熱を否定までした。だが、ジョン・ハーランは例外だ。たぶん。

八時ちょうどに、ジョンはスカーレットの部屋のドアをノックした。十七歳で初めての正式なデートをするように、緊張していた。彼女とはすでにベッドをともにしているのだから、どうかしている。彼女と会い、おしゃべりをするのに、どうして緊張したりする？

彼女とはベッドをともにしていないふりをしなくてはならないからだ。生まれたままのみごとな彼女の体を見ていないし、歓喜の頂点に達したときの彼女の顔も見ていないし、熱くて好奇心豊かな彼女の手や口を全身に感じてもいないし……。

おい。そんなことを考えるのはやめろ。さもないと、彼女はドアを開けたとき、僕のスラックスの前を見て、定規かなにかで僕の手をぶつだろう。そう思うと、ジョンは顔がほころんだ。

ドアノブがまわるのを見て、彼は役になりきろうとした。最初のデート……最初のデート。

「こんばんは、ジョン」スカーレットは首までボタンでとめた明るいブルーのワンピースを着て、髪をアップにまとめ、穏やかでかわいく見える。それでも、ジョンはそそられた。

「やあ」ジョンは、花屋の緑色の紙で包み、サテンのリボンを結んだ一輪の白い薔薇《ばら》を彼女に渡した。彼女が顔を近づけて、ほほえんだ。彼女も神経質になっている。そう思うと、彼はリラックスした。

「ありがとう。すてきだわ」

「もう行ける？」ジョンはきいた。

「これを水につけて、ショールをとってくるわ。入って」

ジョンは薔薇は水につけなくてもいいと言いかけたが、彼女のために用意したことをぶちこわしたくないと考えた。

彼女はスカーレットだが、スカーレットではない。

彼女が小さなキッチンに姿を消すと、ジョンは思った。ワンピースはいつものように大胆ではないが、たくさんのボタンがはずしてくれと彼に訴えている。アクセサリーは控えめで、いつものようににぎやかではない。小さな音をたてるバングル二本と、耳には、からみ合うフープイヤリングではなく、鋲《びょう》形のダイヤモンド。それだけだ。

「準備ができたわ」スカーレットは銀色のショールを肩にはおった。

「香水を変えたね」ジョンは言った。いつものシトラス系ではないが、うっとりする。彼には香水の名前はわからない。フローラル系ではない。粉おしろいのようでもない。そういうものなら、デートをするようになってからずっとかいできた。スカーレットの香りは、とにかく刺激的だ。

彼女がほほえんだ。細かいことに気づいたのは、いいことだったらしい。

ジョンはスカーレットの腰に指先をそっと添えながら、部屋を出た。一晩中、これ以上彼女に触れられないなんて、おかしくなりそうだ。だが、あとでおやすみのキスはしよう。夜の終わりに、礼儀正しく軽く触れるのではなく、ちゃんとした口づけを。その段階で、口説き講座を落第したってかまわない。

車の中では、交通や天気といったあたりさわりのないこと以外、二人はしゃべらなかった。ほんとうはおたがいのことをよく知っているのに、知らないふりをするというぎこちなさに、彼は無口になっていた。彼女も同じらしい。

ジョンは高い料金を払っている自分の地下駐車場に車をとめた。

「ここはあなたのアパートメントだわ」スカーレットは体を起こした。

「そうだよ。パエリヤが好きだといいが」

長く、落ち着かない沈黙ののち、スカーレットはためらいがちにほほえんだ。「好物の一つよ」

二人は黙ってエレベーターで階上に上がった。それほど気づまりではなかったが、二人には珍しいことだ。ジョンは部屋のドアを開け、スカーレットの立場で見てみようとした。テーブルは二人用のロマンチックなディナーのためにセットしてある。暖炉は火をつけるだけだ。キャンドルも火をともされるのを待っている。パエリヤはキッチンで保温してあり、いいにおいを漂わせている。

「いい眺めね」スカーレットは初めて見るように言うと、窓辺に移動した。

そのすきに、ジョンはステレオのスイッチを入れた。ディナーに合わせて、クラシックギターのCDを用意してあった。彼はキャンドルをともし、暖炉に火を入れると、キッチンへ行って、ワインをついだ。戻ってくると、彼女は暖炉の前にいた。

「ありがとう」彼女はグラスを受け取った。

ジョンは彼女のグラスの縁にグラスを軽くあてた。

「ブルーの装いのレディに。ようこそ我が家へ」

スカーレットはジョンと目を合わさず、ワインを飲んだ。どうなってる？　なにか変だが、それはなんだ？

「かけて」ジョンは暖炉の前のソファを示した。

「今日はどうだった？」彼は尋ねた。

「忙しかったわ。オフィスまで歩いて、ジムを利用したの。フィンと話をして、祖父にも会った。それから買い物よ。あなたは？」

彼は一日中、このデートの準備をし、これまで心配したことのないようなことを心配した。「一日中、夜が来るのを待っていた」

スカーレットの表情も、肩も、背筋も、すべてリラックスしている。彼女はただ神経質になっていたのか？　彼女が僕以上に神経質になるなんて考えられない。

それでも、夜はのろのろと進んだ。ジョンの知っているいきいきしたスカーレットはどこに行った？彼女はほほえみ、笑い声をあげ、テーブルごしに彼の手に触れもしたが、会話は冴《さ》えない。

ジョンはなにかがおかしいと思いながら、どう修正していいのかわからなかった。

スカーレットがバスルームへ行くと、ジョンはブランデーを用意した。口説き講座なんかどうでもいい。スカーレットを取り戻したい。

物音が聞こえ、振り返った。すぐそばにスカーレットが立っていた——まぎれもなくスカーレットだ。目は輝き、顔は紅潮し、髪をほどいている。彼女こそ、彼が夢見てきた女性だ。

ジョンは彼女にブランデーグラスを渡そうとしたが、彼女は手を上げた。

「ごめんなさい。でも、これではうまくいかないわ、ジョン」

9

ジョンが内にこもってしまうのがわかった。表情がよそよそしくなった。スカーレットはあわてた。

「違うの。待って」彼女は息を吐いた。「言い方がまずかったわ。私が言いたいのは……デートなんかしても、私には効果がないってことなの」

ジョンが迎えに来てからずっと、スカーレットは彼のデートの相手でいようとしてきたが、彼のことをよく知っているし、強く求めていた。彼を愛していたのだ。それなのに、ほかの女性をうまく誘えるように指導するなんて、どうかしている。

ジョンはテーブルにグラスを置き、スカーレットの手をとった。「どうして早く言ってくれなかったんだ？　僕はとんでもないへまをしたのかと思っていた」

「実際はそうなのよ。でも、それはいいの」

ジョンは眉をひそめた。「どこでミスをした？」

「最初のデートで自分の部屋へ連れてきたわ」

「どこへ行けばよかったんだ？　僕たちは人前には出られないのに」

「なにか工夫はできたはずよ。誰にも見られずにどこかへ行って、なにかをすることは可能だったわ。私たち、そんなに有名人じゃないもの」

「そうだな」ジョンが言った。「君をすでに思い出があるここへ連れてくるなんて……」

「そのとおり」スカーレットはジョンの胸に手をあてて、彼の目を見つめた。「でも、それはささいなこと。ほんとうに。ねえ、正直になりましょう。ほんとうの問題は、この口説き講座は私たちが会うための口実だって、おたがいに知っているということ。ただの言い訳で、そうすれば私たち……」

「ベッドをともにできるから」

スカーレットはうなずいた。「あと二週間しかないのよ。デートなんかで時間を無駄にしたくない」

ジョンはスカーレットを抱きあげた。彼女は彼がどこへ行くのかわかっていた。彼女は途中で靴を脱ぎ捨てた。彼はなにも言わない。たぶん言えないのだろう。スカーレットは自分も話せるかどうかわからなかった。彼を求める気持ちが強すぎるのだ。

九日ぶりだった。その間に二度、二人は熱くなった。昨夜と、カントリークラブで。今回は時間をかけてというわけにはいかないだろう。スカーレットはそれでよかったが、いつかゆっくりとやさしく愛し合いたかった。

ジョンはスカーレットの服を脱がせようとも、自分の服を脱ごうともしなかった。彼女はバスルームで下着を脱いでいて、それを知ったジョンはスラックスとブリーフを下ろすと、たちまち完全に彼女を満たした。スカーレットは叫んだ。

「すまない。僕は――」

「大丈夫。すてきよ」スカーレットはあわててさえぎった。「準備なら、とっくにできていたわ。あなたはすてき。信じられないくらい」ジョンが動くと、彼女は身をそらし、力強くて激しいリズムを見つけた。彼の口が彼女の口を完全にとらえる。彼はキスの角度を変え、うめいた。スカーレットがジョンの髪をつかんだとき、クライマックスが爆発するように彼女に襲いかかった。

これまでの二度はとてもすてきだった。だが、今回はそれを驚くほど上まわった。

スカーレットはジョンを抱きしめた。ジョンは肘に少し体重をかけていたが、それでも彼女の上に温かくて重いキルトのようにおおいかぶさった。

「あっという間だった」彼は彼女の耳元で言った。

「すてきだったわ」

「ああ、そうだな」ジョンは彼女を抱いたまま、寝返りを打った。

スカーレットは体をすり寄せ、髪を撫《な》でてもらっていた。鬱積《うっせき》した緊張は消えている。ジョンは我が家に戻った気分だった。

「おなかはすいた?」ジョンがきいた。

「いいえ、まだ」

「眠りたい?」

「ええ」彼女はさらに体をすり寄せた。

「じゃあ、その前に服を脱ごう」

ジョンがワンピースのボタンをはずし、脱がせている間、スカーレットは目を閉じたままでいた。彼が服を脱ぐのを見る力もなかった。彼は二人の上に上掛けを引きあげ、彼女を抱きしめると、背中からヒップ、そして腿を撫でた。胸にそっと触れられると、スカーレットは身をくねらせた。

「力を抜いて」彼女の胸の先が硬くなると、ジョンはささやいた。「君に触れたいだけなんだ。眠って」

スカーレットは眠そうに笑った。「もちろん」スカーレット

ジョンは肘をつき、探索を続けた。スカーレットが目を開けた。

「泊まってくれ、スカーレット」

「ええ」

一瞬、ジョンは手をとめ、また動かしはじめた。しばらくすると、彼の寛大さを受け入れ、楽しみながら、スカーレットは彼の腕の中で眠りに落ちた。

こういうのもいいな、とジョンはスカーレットの隣に座って考えた。二人は三十分ほど眠り、いっしょにシャワーを浴び、キッチンにキャンドルをともして、アイスクリームを食べることにした。彼女は彼のローブを、彼はボクサーショーツとTシャツを着ていた。

「あなたはTシャツも持っていないと思っていたわ」スカーレットはスプーンを持って言った。彼女の顔でキャンドルの光がちらつく。「若く見えるわ」

「いつから二十九歳が年寄りになったんだ?」

「あなたが五十歳みたいな服装をしているからよ」

「僕が?」ジョンは器を置いた。「どこが?」

「あなたのスーツもシャツもネクタイも退屈」

ジョンはリラックスしすぎていて、腹も立たなかった。「君の服装と比べたら、なんだって退屈に見えるさ」

「比較の問題じゃないのよ」

「僕は流行に合わせようなんて考えない」

「考えるべきよ。あなたは、商品でも人でも、最先端のものを売ろうとしているのよ。それらしく見せなくちゃ」

考えたこともなかった。「どうしたらいい?」

スカーレットは待ってましたと言わんばかりだっ

た。「あなたのショッピングの手伝いをさせて」

「僕を君の手にゆだねるのか？」そのときジョンの頭に浮かんだイメージは、服には関係なく、服がないことに関するものだった。

スカーレットは器を置き、ジョンの膝にまたがった。「なにを考えているの？」彼の顎の線に沿ってキスをした。

「目を向けるべきことには、ちゃんと目を向けているよ」ジョンはほほえんだ。

スカーレットは彼の頬を指でなぞった。「なかなかこのえくぼを見せてくれないのね」

「限られた時間しかないんだから、あまり笑ってもいられない」そんなことを声に出して認めた自分に、ジョンは驚いていた。

スカーレットはやさしくキスをした。「ベッドへ行きましょう」

キャンドルを消し、器を流しに置くと、明かりを消す。ベッドルームで二人は裸になり、上掛けの下にもぐりこんで抱き合った。

「これはただのセックスよ、ジョン」ようやくスカーレットが言った。「それ以上は望めないわ」

「わかってる」

愛し合ったあと、スカーレットは眠りに落ちた。ジョンは自分の問題の答えがそこに書いてあるかのように、何時間も天井を見つめた。

彼にわかったのは、結局自分がエリオット家の女性に心を引き裂かれるらしいということだった。

朝になり、スカーレットはジョンと並んで枕《まくら》に頭をのせ、彼の寝顔を見つめていた。髪は乱れ、ひげが少し伸びている。

目がちくちくした。これまでどうしても欲しいと望んだものは、努力し、手に入れてきた。だが、ジョンとのことは、なにをしようと不可能なのだ。

〝裏切り〟祖父の言葉が頭の中で響いた。

スカーレットはベッドから抜け出すと、ジョンのローブを着て、キッチンへ行った。コーヒーとフィルターをさがし、ポットにいっぱい用意した。彼が朝コーヒーをどれくらい飲むのか、そもそも飲むかどうかすら知らなかったが。

玄関ののぞき穴から、まわりに誰もいないことを確認して、廊下にあった『タイムズ』の日曜版を手にとった。前夜の汚れた食器を片づけ、冷蔵庫に朝食用の食料がないかを調べ、卵とチーズとイングリッシュマフィンを見つけた。

十時ごろになり、バスルームから水音が聞こえた。スカーレットはソファでくつろぎ、二杯目のコーヒーと新聞の旅行欄を楽しんでいた。数分後、ひげは剃《そ》っていないが、髪をとかしたジョンが現れた。昨夜と同じTシャツとボクサーショーツ姿だった。

戸口で立ちどまったジョンの顔がゆっくりとほころんだ。「おはよう。よく眠れたかい?」

「ええ、ぐっすり」スカーレットは脚を動かし、彼が隣に座れるようにした。「あなたは?」

スカーレットはジョンにマグカップを差し出した。彼はそれを受け取り、身を乗り出して、彼女にキスをした。ついばむ程度ではなかったが、それ以上を期待させるほど深いものでもなかった。

「ああ、よく寝た。さて、いつも日曜日はどうしている?」

「〈ザ・タイズ〉にいるときは、祖父母と教会へ行くわ。こっちにいるときは、のらくらしている。新聞を読む。散歩に出る。遅めの朝食をとる。デッサンや裁縫もあるわね。あなたは?」ジョンについて知らないことはたくさんある。スカーレットは彼の体、香り、肌触り、笑い声は知っている。だが、日課とか、好き嫌いとか、大好きなことは知らない。

「そのときどきで変わるな。ラケットボールをしたり、季節によってはゴルフもする。両親に会いに行く。仕事をする、場合によっては会社でね。ドライブ。ドライブに行きたい？」

行きたいと言えればいいのに。「たぶんやめておいたほうがいいわ」

「ああ、そうだね。じゃあ、朝食だ。たしかオムレツの材料なら、あるはずだ」

「料理をするの？」

「少しね。君は？」

「サラダと卵料理ぐらい。温め直しなら上手よ」

「それで修士号でもとった？」

スカーレットは核心を突くような話を避けていることに気づいた。二人に許されているのはセックスとあたりさわりのない会話だけなのだ。

「シャワーを浴びてくるわ。それから、いっしょに朝食を作りましょう。そのあとで、私は帰るわ」

〝まる一日、いっしょには過ごせないの〟そのせりふが、ネオンサインのように、二人の上に漂った。

「いっしょにシャワーを浴びよう」ジョンは立ちあがり、手を差し出した。

それからだいぶたち、スカーレットはまたジョンと言い争った。彼女はタクシーでいいと言うのに、イブニングドレス姿を昼間に見られるのはよくないから送っていくとジョンが言い張ったのだ。彼女の家までの車中、ジョンは彼女の手を握っていた。スカーレットも手を引かなかった。

「平日にも会える？」彼女の家が近づくと、ジョンがきいた。

「もちろん。予定を調整しましょう。あなたの家でなければだめだけど」スカーレットは言い添えた。

「最近、祖父の行動が予測できないの。いつこちらに出てくるのかわからないわ」

「わかった」

ジョンのアパートメントを出る前に、別れのキスたのだが、それでもスカーレットはものたりなかった。

「こんなに複雑なことになるって予想していたかい？」スカーレットの家のそばの角を曲がって車をとめると、ジョンがきいた。

スカーレットはうなずいた。「私はたいていのことには現実的なの」

「後悔しているかい？」

「いいえ」今はまだ。

「頼みがあるんだが」

スカーレットの胸は小さく高鳴った。

「仕立て屋に手配ができたら、僕の買い物に付き合ってもらえるかい？」

「私が選んだものに文句をつけないと約束する？」

「いや」

彼女は笑った。「いいわ。当然よね」

「あとで電話するよ」

これから長い一日が待っている。思いきって彼とドライブに出かけてしまおうか、ともスカーレットは思った。「いい一日を」彼女は言って、知り合いに見られていないことを確認すると、ドアを開けた。

スカーレットを黙って見送ったジョンは、車を発進させた。角をまわった彼女は、玄関の前に誰かが座っているのを認めた。手すりの間から生地が見えるが、それだけだ。そのとき、その人物が彼女のほうを見ずに、あきらめたように立ちあがった。

「フィン叔母さん」スカーレットはほっとして、その場で待っていると、フィノーラが歩道までやってきた。

「すっぴんでも、そのくらいきれいだといいわ」フィノーラが言った。

「しわくちゃのおばあさんみたいな口ぶりね。私と十三歳しか違わないのに」

「女盛りにその差は大きいわよ。すてきな夜だった？」

　スカーレットはにっこりした。「くつろげたわ」

「そう。うらやましい」

「中に入って」スカーレットは専用の玄関へ向かった。「いったいどうしたの？」

「あなたのアドバイスに従ったのよ。公園で散歩をしたの。いっしょにブランチをどうかと思って、何度か電話していたのよ」

「どうして携帯にかけてくれなかったの？」

「かけたわ。電源が切れていた」

「まあ、ごめんなさい」たぶんバッテリー切れだわ、とスカーレットは思った。「朝食はすませてしまったけれど、喜んで付き合うわよ。昨日、おじい様に会った？　私、オフィスに呼び出されたの」

「同じ命令をもらったけど、私はもう帰ったってメッセージを送らせたわ」

「その手があったのね」スカーレットは部屋の鍵《かぎ》を開けた。「私のことを誰が話したのかしら」

「どういうこと？」

「私についていい話を聞いているって言っていたの。有能で独創的ですって。おじい様がどうしてそんなことを知っているの？」

　フィノーラは眉をひそめた。「私は話してないわ」

「スパイがいるのかしら？　『カリスマ』誌で起こっていることをおじい様にご注進する誰かが？」

「たぶんね」

　スカーレットは留守番電話の再生ボタンを押しかけて、やめた。あとで、一人のときにしよう。「でも誰が？　どうしてそんな必要があるの？　財政関係の情報なら、おじい様はすべて手に入れられるわ。関心があるのは、このコンテストの勝者になるための収益だけなのに、隠れて報告させる必要がどこにあるの？」

「いい質問ね」フィノーラはリビングルームをゆっ

くり歩いた。

「着替えるわ。好きにしてて」スカーレットは急いでジーンズとTシャツ、革のジャケットに着替え、髪をポニーテールに結うと、マスカラと口紅をつけた。完成。「〈ユンヌ・ニュイ〉にする？」家を出ると、彼女はきいた。

「家族に関係ないところがいいわ」

スカーレットはほほえんだ。「公園でホットドッグとコーラっていうのは？」

「いいわね」

数時間後、スカーレットは重い足取りで家に帰った。二人は全従業員をリストアップし、スパイを突きとめようとした。彼女は、フィノーラになにも言わなければよかった、と思った。それでなくても、叔母には悩みがたくさんあるのだ。

スカーレットは、フィノーラのように、仕事に人生をのみこまれたりはさせまいと誓った。だが、今だから簡単に言えるのだ。ジョンとの関係が終わったら、たぶんスカーレットも仕事に没頭するだろう。

留守番電話のわきを通るときに、再生ボタンを押し、ベッドルームでメッセージを聞いた。サマーが携帯電話にかけると言っていた。なにも言わずに切れたのが四件。そして祖父からのメッセージ。

〝今日から一週間、メーヴといっしょにそちらへ行く。どういうわけか、前もって知らせたほうがいいと彼女は思っている〟

スカーレットには、目をまるくしている祖父の姿が目に浮かぶようだった。

〝だから、知らせておく。四時ごろ着く。ディナーをいっしょにするように〟

また命令だ。スカーレットは腕時計を見た。もうすぐ四時だ。ジョンに電話をして、知らせて……。

どうして？　彼にどんな関係があるの？

〝ただ彼と話がしたいだけじゃない〟

そのとおり。でも、違う。私にはもっともな理由がある。スケジュールを調整して、いつ彼の買い物の手伝いをするか決めなくてはならない。それに、少なくとも一度は、彼と夜を過ごすつもりでいる。でも、新しいプランが必要だ。祖父母が来ているのに、外泊するわけにはいかない。

自分を正当化すると、スカーレットは受話器を取りあげた。ジョンの番号は短縮ダイヤルにまだ登録されている。

スカーレットはためらった。どうしてサマーは彼の番号を消去しなかったのだろう？

スカーレットが短縮ボタンを押すと、留守番電話につながった。彼女はメッセージを残さなかった。彼の携帯電話の番号は知らない。

下の階からインターコムのブザーが鳴った。祖父母が到着したのだ。

さて、幸せな表情の仮面をつけるときだ。

10

数日後、配達されたばかりの新しい服や靴を入れる場所を作るため、スカーレットがクローゼットから次々と品物を出している間、ジョンはただ見ていた。新しいタキシードとスーツ五着は二週間ほどかかるが、購入したほかのもの――シャツ、ネクタイ、ジーンズ、革のジャケット、Tシャツ、靴、そのほかカジュアルウエア――は全部しまえた。

クレジットカードの明細書は今や国家予算レベルになっている。しかし、けばけばしくはないが現代風の新しい装いを、ジョンは気にいっていた。

「何時に会社に戻らなければならない？」ジョンはききながら、クローゼットの中にいるスカーレットに近づき、彼女のヒップに両手をあてて引き寄せた。

「いつもと同じ。一時半よ」

今週、昼間にジョンのアパートメントで会うのはこれが三度目で、今日はまだ木曜日だった。彼のオフィスで二度打ち合わせをしたし、スカーレットが祖父母とディナーをするために帰らなければならなかった夕方、仕立て屋で過ごしたこともあった。今夜スカーレットは音楽会へ行かなければならないが、明日、祖父母は〈ザ・タイズ〉に戻る。週末には間に合ったのだ。

彼のスカーレットとの時間はどんどん過ぎていく。

もう二人とも、避けられない結末については話さなかった。それぞれ話題にしないと決めたのだ。だが、もうじき話さなければならなくなる。サマーが戻ってくるまで、十二日しかない。

ジョンはあらかじめランチを配達させていた。コーンビーフサンドイッチとコールスロー。二人はキッチンカウンターで食べた。

スカーレットはピクルスをつまみあげた。「古い服は袋に詰めて、明日ドアマンに渡すようにしてね。先方は十時ごろにとりに来るわ」

ジョンは、新しいスーツがまだできていないので、古いのを寄付しないですんでよかった、と思った。あれはいいスーツだし、まだ着られる。

「新しいスーツが届いたら、古いのは捨てるのよ」スカーレットは言い添えた。

「誰が君を僕のクローゼットの女王様に任命したんだ？」

スカーレットはにっこりした。「信じなさいって。あの新しいスーツを着て、五日間で百回もほめられたら、古いのなんか忘れちゃうから」

「君がそう言うならね」ジョンは捨てる気はなかったが、スカーレットに知らせる必要はない。今日、彼女がクローゼットから出したものも、あとでいくつか回収しておくつもりだ。「週末はなにか計画している?」彼はきいた。二人はほとんど、その日のことさえも、前もって予定を立てなかった。なにかに妨害されるのを恐れているかのように。妨害されるなら、もともと計画を立てないほうがまだましだ。

「明日の夜はジョジョ・ドーソンのパーティに出なくてはならないの。八時からよ。あなたは?」

「〈リズ・バーナード・ギャラリー〉でシャリ・アレクサンダーの初日に行かなければならない」

スカーレットは眉をひそめた。「招待状をもらってないわ」

「たぶん、前の初日に、君がリズのボーイフレンドを盗んだからじゃないかな」

スカーレットはジョンの目をまっすぐに見て、それから顔の近くで持っているサンドイッチを見つめた。「彼が彼女のものとは知らなかったのよ。彼だって決まった人がいるようなそぶりは見せなかったわ。彼は彼女より二十歳も若かったし。とにかく、ちょっとふざけただけよ、それも彼のほうから手を出してきたんだもの。おまけに、彼って細かいことにうるさすぎたわ」

「細かいことって?」

「自分のことで頭がいっぱいだったみたい」

ジョンは彼女がなにを言いたいのかよくわからなかったが、ほめていないことはたしかだ。「僕は違うんだね」

「まさか」

ジョンはどういう意味なのか説明してほしかったが、やめておいた。あと数分したら、おたがい会社に戻らなくてはならない。「明日の夜、それぞれの用をすませたあとで会おうか?」

「ええ」スカーレットは皿を流しに運んだ。

ジョンは手をポケットに入れ、先ほど入れておいたものをいじると、それを彼女の前に出した。「明日、君のほうが早かった場合に備えて」

スカーレットはその光る物体を見つめた。時間をかけて手をふき、それからタオルをていねいに三回たたんで、オーブンの取っ手にかけた。

「鍵《かぎ》だよ、スカーレット。焼きごてじゃない」

彼女はなにも言わずにそれを受け取り、ジョンのわきを通ってリビングルームへ行った。彼女の頭の中でなにが起きているのか、彼は知りたかった。

「じゃあ、明日の夜」スカーレットがドアを開けると、ジョンは言った。

彼女は立ちどまった。その表情は鍵を返したいと告げているようだ。鍵は二人の関係が深まっていることの象徴、未来への証《あかし》だ。だが、二人の間にそんなものはない。だから彼女は困惑し、動揺していた。

「ただの鍵だよ」ジョンは繰り返した。「おたがいに都合がいいようにしただけだ」

「それを忘れないでね、ジョン」スカーレットは部屋を出て、ドアを閉めた。

スカーレットは子供のころから音楽会やオペラに連れて――引きずって――いかれたが、決して好きにはなれなかったし、作曲家もなかなか覚えられなかった。わかるのはワグナーの《トリスタンとイゾルデ》だけで、今夜のプログラムはその抜粋だった。

照明が消える直前、スカーレットは数列前にフィノーラ叔母が、父親といってもいいほど年上のフランス人デザイナー、ジョルジュ・キャロンと座っているのを見つけた。彼女の両親の席からは、娘がよく見えるはずだ。祖父の顔は見えなかったが、祖母が何度も娘のほうに視線を戻すのがわかった。昔、赤ん坊をあきらめさせられたことについて、フィノーラが両親を許す日は来るのだろうか、とスカーレットは思った。

それはともかく、スカーレットは叔母が外出しているのを見て、うれしくなった。もちろん、これも仕事で、次のコレクションの独占取材をさせてもらうよう、ジョルジュを口説きおとすとか、そういうことだろう。それでも、彼女はオフィスから出ていた。

〝口説く〟その言葉がスカーレットの頭に突き刺さった。ジョンは家の鍵を彼女に渡した。彼はセックスだけでなく、最初の取り決めにもかかわらず、彼女に夢中になっている。彼女は月末には彼をあきらめなければならないと承知していた。サマーと一族の体面のためで、それぞれはささいなことでも、全部合わさると、二人が結ばれるのは不可能だ。

だから、スカーレットが今悩んでいるのは、ジョンが傷つく前に早めに終わらせるべきか、ということだった。彼を失えばスカーレットも傷つくが、彼女はもともとすべてを承知で始めたことだ。彼は違った。彼は純粋にセックスだけの関係で、自分の感情までかかわってくるとは知らなかった。それが変わったのを彼女は察知していた。たぶん彼は彼女を愛してはいないだろうが、ものすごく好きなのだ。

二人は恋人であると同時に、友達になっていた。これは二人にとって危険な状況だ。最初に彼はなんと言った？　悲惨な結果を生みかねないゲーム？　スカーレットは自分の心に従っていた。彼のほうはもっと現実的な未来像があったのだ――少なくとも、あのときは。

早めに彼と別れるなんてできるだろうか？

拍手がわきあがり、照明がついた。もう幕間《まくあい》？　祖父の席の列のわきでジョルジュが立ちどまり、軽く談笑した。そのうしろにフィノーラが無表情のまま立っていて、祖母と目を合わせようとはしなかった。スカーレットはそれがなによりいやだった。

ジョルジュが歩きだした。フィノーラもそうするように見えたが、彼女は父親のわきで立ちどまり、低い声で言った。「知りたいことがあるのなら、私にきいて。スパイなんかよこさないで」

「なにを言っているのかわからないな」パトリックは穏やかに言った。

「嘘《うそ》つき」フィノーラは吐き捨てるように言い、連れのあとを追った。

祖母は手を握り締めていた。スカーレットはその上に手を重ねたが、祖母はほほえむこともできなかった。

「おばあ様、化粧室へ行く？」

メーヴは首を振った。「古い友達に会う予定なの。すぐに行ってみるわ。脚も伸ばせるし」

祖母が行ってしまうと、祖父がスカーレットのほうを向いた。「フィノーラがなんの話をしていたのか、おまえは知っているのか？」

「ええ。おじい様は知らないの？」

彼は黙って、顔をそむけた。スカーレットは祖父が真実を語っているのかどうかわからなかった。

その日遅く、ベッドに入ってから、スカーレットは電話を見つめていた。ジョンの番号は暗記している。彼の声が聞きたいが、電話する理由が思いつかない……。

食べ物。これは常に安全な話題だ。明日の夜、彼の部屋へ行くときに、なにか持っていったほうがいいかをきいてみよう。ギャラリーで軽食は出るだろうが、ディナーではないし、スカーレットもジョジョのところでは軽く飲んで、顔を見せるだけで、食事まで残るつもりはなかった。

プッシュボタンを押した。呼び出し音が四回鳴り、留守番電話に切り替わった。スカーレットはすぐに切った。時計を見ると、十二時近い。彼女は電話機を手の届かないところに投げた。

二人とも、いっしょにいない夜になにをしているのか尋ねなかったが、スカーレットが電話をして、彼が家にいないのはこれが初めてだった。嫉妬《しっと》心がわきあがり、彼女はそれをたたきつぶした。自分たちは特別な関係ではないと彼は言ったが、彼女はそう は考えていない。彼は遊び人ではないけれど、彼がまだ帰っていない理由を知りたかった。

もちろん、平日の真夜中、ほとんどの人が眠っている時間に、しかも翌日にきけるような質問をするために電話をかけるなんてどうかしている。ジョンは口実にすぎないと気づくだろう。かまわない。彼には好きなように考えさせておけばいい。

電話が鳴った。スカーレットは飛びついた。

「ねえ！」サマーだ。「どこに行ってたの？　ずっと電話してたのよ」

スカーレットは受話器を耳と肩にはさみ、楽な姿勢をとった。電話の主がジョンでなかった落胆は消えた。「おばあ様たちと音楽会よ。どうしたの？」

「一日早く帰るって知らせたかったの。二十九日じゃなくて、二十八日よ」

〝一晩減った〟「なにかあった？」

「ホームシックなの」

「ほんとうに？」

サマーが笑った。「いいえ。ジークが二十九日にニューヨークで打ち合わせがあるんですって。まだ公表されていないけど、ロックミュージカルに曲と歌詞を書くことになったのよ」

「すごいじゃない！」

「私たちもそう思ってるわ。家のそばで暮らせるようになるし」

「あなたたち、いっしょに住むの？」そうなるだろうと予想していたが、実際に確認すると……。

「ええ。どう思う？」

「仕事には戻るの？」祖父はサマーは仕事には戻らないと考えていて、自分が不思議に思ったことをスカーレットは思い出した。

「わからない。まだ考えているの。スカー？」

「うん？」

「私と話をするときはいつも、なんだか気持ちがよそを向いているみたいだわ。今月に入ってずっと。いえ、もっと前から。なにがあったの？」

「話すようなことはなにもないわ」

静寂の中、雑音が響いた。「帰ったら、話しましょう。あなたの顔を見れば、知るべきことがあるかどうか、私にはわかるんだから」

もちろん、そのとおりだ。スカーレットがなにを言おうと、なにをしようと、サマーに知られずにすむはずがない。そのときにはジョンとの関係は終わっているのだから、傷ついた心を悟られるはずだ。

「もう結婚式の計画は立てているの？」スカーレットは話題を変えた。

「まだよ。急ぐつもりはないの。たぶんクリスマスぐらいだわ」

「おとぎばなしがいいらしいわね。計画を立てるには時間がかかるわ」

「ドレスのデザインをしてくれるでしょう？」

スカーレットはほほえんだ。「もうしたわ」

サマーの声がやわらいだ。「愛してるわ」

「私も愛してる」スカーレットは喉がつまる前に、かろうじて言った。

「じゃあ、またね」

「ええ。おやすみなさい」

妹と仲たがいするようなことはぜったいにできない。今夜、フィノーラと祖父母を見たことで、スカーレットの心は決まった。家族が一番だ。

愛する男性ならいつかまた現れる。彼女は心の中でつぶやいて、ベッドわきのランプを消した。

そして暗闇《くらやみ》に一人で横たわり、泣くという贅沢《ぜいたく》は自分に許さなかった。

11

ＥＰＨ帝国の有名人の記事を載せる『スナップ』誌の営業部長として、カラン・エリオットは、数年前からジョンとよく仕事をしてきた。同じ年ごろの二人は、仕事と無関係の友人にもなり、サマーやスカーレットよりも付き合いは長い。二人はいっしょにゴルフをし、競い合い、賭《かけ》もした。ジョンはカランを気にいっていて、婚約を解消したときも、彼との友情にひびが入らなくてよかったと思った。

「十三打も負けるなんて信じられないよ」ゴルフを楽しんだあとの土曜日の夕方、ジョンのアパートメントのエレベーターの中でカランがつぶやいた。「いつ以来のゴルフだったんだ？」

ジョンはほほえんだ。「言ったじゃないか。最後に君とプレーしたときだから、十月かな、たぶん」

二人はエレベーターを降り、廊下を進んだ。いつもふざけてばかりいるカランが、一日中、無理に冗談を言っていたようなので、ジョンは気づいたことを口にすべきかどうか迷った。

「ゲームに集中していないみたいだったぞ」ジョンはついに言った。「気もそぞろだった。女か？」

「女たちだ」カランはあざけるように言った。「ときどき、そんなに努力する価値が彼女たちにあるのかと思えてくるよ」

「アーメン」

「二人とベッドにいるときには、考えもしないがね」

ジョンは笑った。ドアを開けると、信じられない香りが漂ってきた。ガーリック。バジル。イタリア料理だ。

カランはにおいをかぎ、うれしそうな声をあげた。

「ディナーまで残っていたいな」

スカーレットが来ているのだ。

「すまない、カラン」ジョンは普段より声を張りあげた。「プライベートパーティなんだ」

ジョンは小さな足音に気づき、カランに気づかれまいと、さらに大声を出した。

「君の欲しがっていた本をとってくる」

「シェフに会わせてもらえないのか？」

「見てくるよ」ジョンはキッチンに入った。赤いソースがレンジの上で煮えていて、おいしそうなにおいをさせている。サラダは作りかけだ。そして床には、先のとがった黒いハイヒールがころがっている。

食料庫から音が聞こえ、そちらへ向かって、ドアを開けると……。

「私のいとことなにをしているの？」スカーレットが強い口調でささやいた。

彼女はメイドの衣装を着ていた。

ジョンのショックはすぐに笑いに変わった。

「おかしくないわ」スカーレットは歯をくいしばっている。

「僕の立場なら、おかしいよ」ジョンは彼女をつかんで、キスをした。「彼を追いはらうよ。機嫌を直しておいて、スイートハート」

ジョンは彼女の目の前で食料庫のドアを閉めた。

「メモがあった。買い物に行っている」ジョンはカランに言い、リビングルームを通って、書斎へ向かうと、デスクから本をつかんだ。「ほら、これだ。急いで返してくれなくていいからな」

「なんだか追いたてられているみたいだ」カランはにやつきながら玄関へ向かった。

「なんと言っていいかわからないよ」ジョンの頭にはメイドの衣装がこびりついていた。短いスカートから網タイツをはいた長い脚が出ていた。襟は深くくれていて、顔をうずめたくなるようなふくらみが誘っていた。あのフリルのついた白いエプロンをはずし、おしゃれなランジェリー姿にさせて……。

「君がサマーとのことから歩きだしたのがわかって、うれしいよ」

ジョンは我に返った。「運命論者になったんだ」

「すべてには起こるだけの理由があるって?」

「そんなところだ」

カランは窓の外を見つめた。「彼女を愛するのをやめたのか?」

〝そもそも愛していなかったんだと思う〟ジョンは口には出さなかったが、その真実は衝撃だった。

「君が言ったように、僕は歩きだした」

「肉体に打ち勝つ精神力かい?」

カランの話の進め方から、ジョンはなにかあると気づいた。「話を聞こうか、カラン?」今は、スカーレットが食料庫に隠れているから、だめだが……。

「今週中に一杯やろう」

「そうだな。電話するよ」カランは帰った。

ジョンはキッチンに戻り、食料庫のドアを開けた。

「ご主人様がお待ちだよ」

スカーレットは冷ややかに彼を見た。「ご主人様?」

「君がメイドなら、僕はご主人様だろう?」ジョンは明るいところで彼女を眺めた。頭にかぶったレースのついたキャップをはずし、髪を下ろしたかった。ぶらさがっているリボンに手を伸ばし……。

「どうしてカランとゴルフをするって言わなかったの?」

ジョンは腕を下ろし、両手をポケットに押しこんだ。スカーレットはまだ役になりきっていないようだ。「今朝は君を起こしたくなかった。ぐっすり眠っていたからね」

「ゆうべ、寝る前に言えたはずだわ」

「そうだな」

「でも？」

「僕とカランとの付き合いは独立したものだ。彼は君の家族だが、僕はそうは考えていない。君だって、今夜は早めに来るって、どうして言わなかった？」

「あなたが私の携帯にメッセージを残して、夜は空けてあるって聞くまで、私だって知らなかったんだもの」スカーレットは肩をすくめた。「驚かせたかったし」

「驚いたよ」ジョンは指でそっと彼女の顔を撫《な》でた。「一度外に出て、戻ってこようか？」

「まずあなたも衣装を着てちょうだい」

「衣装？」ジョンはゲームをするのはかまわなかったが、衣装をつけたことは一度もなかった。

「あなたのベッドの上よ」

「僕はなにになるのかな？」

「十九世紀の公爵で、私のご主人様の客よ」

「僕が未来へタイムトラベルしたのかい？　それとも君が昔へ移動したのかな？」ジョンはスカーレットの現代風のコスチュームを指さした。

スカーレットは彼の質問を無視した。「古きよき時代にあなたみたいな男性がどういう扱われ方をしたか知ってる？」

「今よりもっと尊敬された？」

ジョンの言葉に、スカーレットは笑うのではなく、眉をつりあげ、それから彼のベルトに指をかけて引き寄せた。「貴族が訪問してくると、女主人はお風呂に入る手伝いをしたのよ」

「僕は間違った時代に生まれてしまったな」

スカーレットはゆっくりと、ものうげにほほえんだ。「女主人がいないときには、メイドがしたの」

うまいジョークが思いつかない。「君が僕を……風呂に入れるのかい？」

スカーレットはジョンのシャツの裾《すそ》を引き出し、

胸へと両手をすべらせた。「私があなたに食べさせ、服を脱がせ、お風呂に入れ、それから私の好きなようにするの。私のご主人様には言わないと約束してちょうだい。でないと、失業してしまうから」

ジョンは目を閉じ、彼女の羽根のような手触りを楽しんだ。

「今すぐ着替えに行ってください、閣下」スカーレットはささやいた。「居間で待っていて。エールを持っていくから、食事ができるまで飲んでいてね」

ジョンとしては、スカーレットといっしょにキッチンにいたかったが、期待するというのも、このゲームの楽しい部分だとわかっていた。

あとは自分の衣装があまり妙でないことを願うだけだった。

翌金曜日、スカーレットが会議に行こうとしていると、『カリスマ』誌の上級編集者、ケード・マクマンがやってきた。ケードのよそよそしい表情に気づいて、スカーレットはなにも言わなかった。普段ならオフィスへ呼びつけるのに、彼のほうからやってきたのだ。

「君は誰よりもフィンに影響力がある」彼は低く、ぶっきらぼうな声で言った。

「姪《めい》としてであって、部下としてではないわ」

「どっちでもいい。彼女はゆうべ、またオフィスに泊まった。もちろん、僕だって彼女と同じくらい、彼女に勝ってほしい。そのために頑張ってもいる。だが、だからといって彼女がすべてを犠牲にすることはない。誰かが説得しなければ」

「ケード、あなたにできないのなら、ほかにできる人がいるとは思えないわ」

「やってみたさ。毎晩、武装した護衛を彼女のオフィスへ派遣して、家へ帰らせる以外、もうできることはないんだ。彼女はボスだ。だが、彼女のことが心配なんだ」

「私もよ」スカーレットは指先で唇をたたいた。

「シェーン叔父に話してみようかしら」

「双子でも、たがいにライバルなんだよ」

そのとおりだ。「じゃあ、振り出しね」

「とにかく、彼女に話してみてくれ。できれば週末に彼女をさらって、エステティックサロンにでも連れていってほしい」

今度の週末はジョンと過ごす最後の週末だ。月曜日にサマーが帰ってくる。「今週末は無理だけど、来週ならやってみるわ」

「よかった。ありがとう」ケードは振り返り、ジェシーとぶつかった。

「すみません」ジェシーは目を見開いた。

ケードは顔をしかめた。

ジェシーは少しうろたえて、スカーレットのほうを向いた。「ジョン・ハーランが会議室に来ています」

「ありがとう、ジェシー」

ジェシーはケードにもう一度〝すみません〟とつぶやき、足早に去った。

「彼女はいつもうろついている」ケードはジェシーを見送った。

スカーレットはファイルを持ち、立ちあがった。

「どういう意味かしら?」

「そのままだ。それに、なんだか熱心すぎる。なんでも買って出るんだ」

「我が社の研修プログラムでは、助けが必要な場合には、あるいは彼女が特定のプロジェクトに参加したければ、どの部署にでも行っていいことになっているわ。私を通して、はっきりさせておかなければならないけど」

「彼女は優秀か?」

「有望よ。卒業したてではなく、何年も経験があるみたい」

「君についても、みんなそう言っていた」

「ほんとうに？」スカーレットはうれしくてほほえんだ。彼女は上司にどいてほしいとは言いたくなかったが、会議に行かなければならなかったので、ファイルを持ちあげた。「もういいかしら？」

「ああ。ありがとう」

会議室に現れたのは、スカーレットが最後だった。『カリスマ』誌の各部署の責任者がいて、スカーレットはプロジェクトの責任者ではなかったので、話し合いは編集主幹とアートディレクターが進めた。

スカーレットはそっと椅子に座った。ジョンは両側に自分のスタッフを座らせ、テーブルをはさんだ向かい側に座っている。スカーレットは彼を見て、その目に笑みがひらめくのに気づいたが、すぐに議題に集中しようとした。一時間の活発な議論ののち、会議は終わった。スカーレットにはジョンに近づく正当な理由がなかったし、彼には連れがいた。

一日中、最後の週末の計画を立てようと、ジョンが電話をかけてくるのを待っていた。彼はランチをとりながらの会議があったので、これまでよくしてきたように彼の部屋で会うことはできなかった。だが、月曜日にサマーが帰ってくる。これは避けようのない事実だ。

スカーレットはちょっとでもジョンをつかまえられないかと、会議室の近くでうろうろしていたが、彼の部下がそばにいて、彼は簡単に挨拶《あいさつ》をすると、行ってしまった。

スカーレットは自分の席に戻った。そろそろ四時だ。彼女とジョンは計画を立てるのが下手だが、これはばかげている。二人にとって最後の……。

キーボードの上に封筒があり、スカーレットの名前が記してあった。彼女は封筒を開け、アイボリー色の便箋《びんせん》を開いた。手書きのメモだ。

〝ごきげんよう、ミズ・エリオット。

君の任務は、君が引き受けるならば、午後六時に始まる。君の自宅へ迎えに行き、秘密の場所へ連れていく。そこで君はワインを飲み、ごちそうを食べ、日曜日の夜まで最高のもてなしを受ける。荷物は最低限にするように。よそ行きは不要。ランジェリーはまかせるが、好ましくはない。

これは君の心を読める特殊な便箋だ。もしこの任務を引き受けない場合、このメモは十秒で自動的に消滅する。
十、九、八、七、六、五、四、三、二、一……。
では、六時に会おう〟

スカーレットはほほえんだ。週末。週末まるごと……別れを告げるための週末。

12

「この時期にビーチに来るなんて変なのはわかっている」ジョンはスカーレットのあとから、雨風にさらされたポーチに出た。波が静かに打ち寄せ、雲が月を隠している。遠くの家々は光の点でしかない。

「完璧《かんぺき》だわ」スカーレットは手すりに肘をついた。「どうやって見つけたの？」

ジョンは彼女をはさむように両手を手すりに置いて、体を重ね、彼女を風から守った。「クライアントのものなんだ。しょっちゅう貸してくれる」

もう夜も遅かった。二人は急いでここへ来たのではなく、ロードアイランドに向かって入り江をドライブしながら、街を出て一時間ぐらいのところのレストランで、ゆっくりとディナーまで楽しんだ。そして、小さくて気のおけないレストラン、おそらく二人がカップルとして行く最初で最後のレストランに長居し、絶えず駐車場に注意して、来そうもなかったが、新しい客が来ないかと確認した。

ディナーのあと、コテージにいる間は、真剣な話はしないことを二人で決めた。帰りの車の中ではするだろうが、今はなしだ。

スカーレットは体を起こし、ジョンにもたれた。

「〈ザ・タイズ〉を除けば、海はずいぶん久しぶりだわ」彼女はため息まじりに言った。

「今まで二人はいつも急いでいた。だが、この二日間はリラックスして、楽しむことができるのだ。二人の関係を楽園への旅で終わらせるのは大きな間違いだろうが、それでもジョンはすばらしい幕切れを飾りたかった。この数週間はセックスだけだった――強烈で激しいセックス、そして何回かは静かな、あるいは遊び心のあるセックスもあった。最初はその種の激しさもよかった。でも、今は……。

「おめでとう、ジョン」

彼はスカーレットのこめかみにキスをした。風に吹かれた彼女の髪が彼の肌に触れる。「なにが?」

「口説き講座を優等で卒業したことよ」スカーレットは振り返り、彼の首に腕をまわした。

彼は週末の計画を立てるよう言われていたが、たった今、自分がハネムーンを用意したのだと気がついた。

そして別れを。

「卒業生総代のスピーチが必要ね」スカーレットは目を輝かせている。

ジョンはやさしく口づけをし、彼女の温かい口を、やわらかい唇を味わい、舌を探索した。あわてなくてもいい、思いがけず誰かが来ることもない、明日帰らなくてもいいというのは、なんと贅沢《ぜいたく》なことだろう。普通のカップルのようにふるまえる——念のため、野球帽とサングラスはつけるが。

「あら、言葉よりも雄弁な行動でスピーチするのね」スカーレットはジョンにすり寄った。

「一カ月かけて用意したからね。中に入ろう」

その家は典型的な海辺のコテージで、海をテーマにして、青と白に統一されていた。貝殻がランプの脚や鏡の枠を飾っている。ガラスの容器にはさらに貝殻が入っていて、リビングルームなどあらゆるところ、バスルームにまで置いてある。主寝室のフレンチドアは、ベッドから海が見えるよう配されている。バスルームにはシャワーヘッドと防水カーテンのついた、猫足のバスタブが置いてあった。

「風呂に入る？」ジョンは彼女の手を握ったまま、尋ねた。

「ええ」

「先に行ってて。僕はすることがあるんだ」

スカーレットは彼の胸をたたき、ほほえんだ。

「卒業成績を二番に下げるかもしれないわよ」

「どうやらもっと激しいスピーチが必要のようだ」

「そうよ。何時間も続くのをね」

「さて、僕になにができるかな」

スカーレットはジョンの顔に両手を添え、キスをした。彼女が離れたとき、その目にもう笑みはなく、彼には推測するしかないなにかがゆらめいていた。

彼女もこの関係をあきらめたくないのだ。

スカーレットはどんなネグリジェを持ってこようかと悩んだ。ジョンのメモにはランジェリーは好きにしていいと書いてあったが、彼女は持ってくるのをやめようかと考え、結局、思い出の品として赤いレース地のものにした。選んだのは長いネグリジェで、全身をおおいながら、隠していない。これほど官能的な気分になったことはなかった。風呂のせいで、肌は温かく湿り、深くくれた襟のせいで、胸はほとんど隠れていない。

シルクが恋人の愛撫《あいぶ》のように体をこするのを感じながら、リビングルームに戻った。キャンドルがともされ、暖炉で火が燃える音がする。シャンパンのボトルが銀色のバケツに入れられ、白いタオルが巻いてある。そのわきにはクリスタルのフルートグラスが二つ、そしてボウルに入った苺《いちご》と生クリーム。バックグラウンドミュージックは静かなジャズ。ソファの前に敷いたキルトの上にはいくつものクッション。コーヒーテーブルには黄色いデイジーの生けられた花瓶が置いてある。彼は完璧な舞台を用意していた。

こんなことのあとで、どうして彼をあきらめられるだろう？　この最後の週末は大きな間違いだ。たぶんすべてを簡単にするべきだったのだ。セックスだけに集中し、そして忘れる。

だが、もう手遅れだ。

「全部あなたが準備したの？」ジョンが近づいてくると、スカーレットはきいた。

ジョンはうなずいた。「冷蔵庫もいっぱいにしたよ」彼は彼女の肩をつかんだ。「最高にきれいだ」

「あなたもすてきよ」スカーレットは賞賛するように言った。ジョンは黒いシルクのパジャマのズボンだけを身につけ、それ以外は裸だ。

コテージのすぐそばに家はなかったが、それでもジョンはカーテンを引き、スカーレットはそれがうれしかった。

「どうした？」ジョンがきいた。

スカーレットは首を振った。私たちは間違いを犯しているの、なんてきけない。二人の時間を壊すようなことはしたくない。「深刻な話はしないって決めたもの」

「それなら、そんなまじめな顔はしないで」

ジョンの言うとおりだ。彼には借りがある。彼は自分の役割を果たしている。そこでスカーレットはほほえみ、彼に近づくと、その胸にキスをした。彼がゆっくり、大きく息を吸うのがわかった。

「最初の夜を思い出すよ」彼が静かに言った。「あのときも君は赤を着ていた」

スカーレットは彼が覚えていてくれたのがうれしかった。「そして、あなたは黒だった」彼女は手を彼の腹部へすべらせ、さらに下げて……。

ジョンは彼女の手を押さえた。「今夜は急ぎたくない。今夜はロマンスのときだ」

「そして思い出の」

ジョンはつかの間、黙った。「暖炉の前に座ろう」

暖炉がもたらすぬくもりと雰囲気の中で、二人は生クリームをつけた苺をたがいに食べさせ、シャンパンを飲み、軽く触れ合った。スカーレットの頭の中でいろいろな言葉が渦巻いたが、声に出しては言えなかった。どれも深刻すぎる。〝もし〟が多すぎるし、悲しすぎる。すべてを忘れ、彼のことだけを思うべきだ。

ジョンも話をする気分ではないようだった。キスをしていないとき、二人は手をつなぎ、火を見つめた。だが、せっぱつまった思いが忍びこんできた。スカーレットは彼のパジャマのズボンのひもをもてあそび、ゆるめ、中に手をすべりこませた。ジョンは体を伸ばし、目を閉じた。

スカーレットはズボンを引きさげ、彼の脛《すね》に両手を置き、腿に沿って動かし、腹部へ移動し、胸まで上がり、また下がっていった。ジョンは腰を浮かせた。スカーレットはシャンパングラスを持ちあげ、冷たいシャンパンを彼の上にたらした。彼の体が飛びはねた。それと同時に、彼女は彼を口に含み、彼を温め、シャンパンを、そして彼を味わった。ジョンはあおむけになり、飢えたような声をもらした。

すべての筋肉が緊張している。リラックスしている部分はどこにもない。スカーレットは自分がジョンをそんなふうにしたこと、そして彼がさせてくれたことがうれしかった。ときどきジョンは彼女をとめ、息を整え、そしてまた彼女の好きにさせた。彼の味、感触はすばらしかった。彼から熱気が立ちのぼっている。どんどん手に負えなくなってきた。

ジョンはスカーレットをとめた。そして手の届かないところへ動くと、体を引きあげ、ソファにもたれた。スカーレットは近寄り、彼の腿に手をのせた。

「最後までさせて」

ジョンはかすかにほほえみ、首を振った。「この感覚が好きなんだ。長引かせたい。おいで」彼はスカーレットの髪に手をくぐらせ、彼女を引き寄せると、キスをした。「立って」彼の声は低く、熱をおびている。

スカーレットは立った。

「僕のために脱いで」

スカーレットは音楽に合わせて、ためらいも恥じらいもなく、くるりとまわると、腰を振り、腕から片方のストラップをはずし、そしてもう一方もはずした。ネグリジェが床に落ちた。彼女はネグリジェを、そして伸ばした彼の脚をまたいだ。ジョンは彼女の足首をつかんで、脚をさらに開かせると、口と指で彼女に触れた。ゆっくりと舌を動かし、指先で彼女に火をつけ、彼女を燃えたたせた。

スカーレットの脚が震えだすと、ジョンは彼女の体を引きさげた。スカーレットは彼を迎え入れた。ジョンが彼女のうずく胸の先を口に含み、力強い手で胸を包むと、彼女は目を閉じ、背中をそらした。彼はすぐに抑制を捨てた。彼女もだ。いつの間にかスカーレットはあおむけになり、彼の動きを迎え入れ、反応し、歓喜の叫びをあげると、もっと大きな彼の声を聞いた。二人の体が織りなすデュエットは

クライマックスに達し、そのままとどまり、そして
ゆっくりと弱まっていった。

二人の行為のすばらしさにスカーレットの喉は熱くなり、涙がこみあげてきた。彼女はジョンに両腕をまわし、放すまいとした。二人は最初からぴったりだった。だが、これは違う。今回のはまったく違った。なにもかもが一致したときに訪れるものだ。

〝愛してるわ〟スカーレットは頭の中で何度も彼に告げていた。

「火が消えそうだ」しばらくしてジョンが言った。

〝あなたへの私の火は消えないわ〟「ベッドへ行けばいいのよ」

「先に行ってくれ。キャンドルを消して、食べ物を片づけるから」

「いっしょにしましょう」

裸のまま、二人は部屋を動きまわり、見つめ合った。スカーレットは五十年後の彼を想像しようとした。銀髪で、笑顔はやはり子供のようだろう。父親で、祖父にもなっている。簡単に想像できる。簡単すぎるくらいだ。

二人は明かりを消し、手をつないでベッドルームへ行き、ふかふかしたキルトの下にもぐりこんだ。彼の手がスカーレットの体を撫《な》で、温め、もう満足したはずの彼女を興奮させた。

「すてきな週末をありがとう」スカーレットの唇がジョンの首に触れた。

「僕の言いたいことを先に言われたな」

しばらくして、スカーレットは彼が眠りに落ち、体が重くなるのを感じた。そのときになってようやく、彼女は少しばかり涙を流すことを自分に許した。

後悔はしていなかった——すべてが終わってしまうこと以外は。

「話し合いましょう」日曜日の夜、ニューヨークへ

入る橋を渡ると、スカーレットが言った。

彼女の言うとおりだ。普段のジョンは逃げたりしないが、帰りの車中で、彼女が将来について――と いうか、将来がないことについて――話すべきだと ほのめかすたびに、話をそらしたのは彼だった。

もう一度、愛し合おう。彼が考えているのはそれだけだった。

昨夜二人はベッドに入り、なにもせずに眠った。普通のカップルなら、することかもしれないが、二人はしたことがなかった。そんな普通のことをする時間がなかったからだ。今夜は、そのうめ合わせ以上のことをしよう、とジョンは考えた。感情面で考えれば、昨夜は最高だった。いっしょに眠り、たがいの腕の中で目覚め、いつまでもベッドにいるというのは、とても心地よかった。

「じゃあ、話して」ジョンが言った。

「明日、サマーが帰ってくるの。彼女が戻ったら、この関係を終わらせるって決めたわね」

「その理由を思い出そうとしているんだ」

「わかってるはずよ」

「初めに、セックスだけだと話したのはわかっている。一カ月付き合えば、じゅうぶんだろうと考えていた」ジョンはちらりと彼女を見た。「だが、違った。少なくとも僕のほうは」

「つまり?」

「君との付き合いをやめたくない。都合のつくときに、これまでどおり、僕の部屋で会うのがどうしてだめなんだ?」

「セックスのために?」彼女の声は緊張している。

「それだけじゃない」ジョンは手を伸ばし、スカーレットの手を包んだ。

「望みはないのよ、ジョン。公にはできないし、どうして先延ばしにするの?」

「なぜだめなんだ?」

「危険すぎるもの。私たちが会えば、ばれるかもしれない。それに私、隠れていることに疲れたの。ベッドでの関係はすばらしいけれど、それを続けている限り、ほかの誰ともデートできない。私はそういう人間なの。一人で出かけるのにも疲れたわ。パートナーが欲しいの」スカーレットはジョンのほうを向き、けわしい顔つきを見せた。「先週、祖父たちと音楽会へ行ったとき、フィンが来ていたの。フィンが祖父に文句を言った以外、三人は口をきかなかった。ぞっとしたわ。祖母は傷ついていた。何年も気まずい関係なのを見てきたけど、いやでたまらない。あんなにおおっぴらに拒絶するなんて。私は家族の誰かを傷つけるようなことはしない。そんなことをしたら、自分に我慢できないわ」

「僕たちの関係がなぜ君の家族を傷つけるんだ？」

「サマーを深く傷つけるわ。こんなにすぐに私たちが付き合っているのを知られたら、あなたたちが別れたことに私が関係しているんだって思われるのがわからない？　私の評判はたいしたものだもの。サマーはきっとばつの悪い思いをする。私はそんなふうに彼女を傷つけたり、裏切ったりしない」

「それなら、そもそも僕とベッドをともにするべきじゃなかったんだ」

長い数秒間。「あなたが動揺しているのはわかっているから、すべてを私のせいにしても許してあげる。たしかにけしかけたのは私よ。でも、二人で決めたことだわ」スカーレットは言いきった。「私も動揺している。でも、運よく私たちは見つからなかった。運が尽きる前に、終わらせましょう」

スカーレットの言うとおりだ。ジョンが議論を吹っかけたのは、彼女になにか方法を考えついてほしかったからだ。かなわぬ願いだ。

ドライブの間に、スカーレットがジョンのところに泊まることで二人は合意した。ということは、彼女は朝早く起きて、帰宅し、仕事に行くために着替えなければならないが、誰にも見つからないようにするには、それがいちばんいいように思えた。

ジョンは駐車場に車をとめた。二人はトランクからスーツケースを出し、エレベーターへ向かった。二人はほとんど目を合わさなかった。ジョンは彼女の目の中に、自分が感じているものすべてを見た——期待、要求、感謝、そして……絶望。エレベーターの中で、彼女は彼の腕の中にすり寄り、首に顔を押しつけ、それから体をそらして彼を見た。

ジョンは自分を抑えることなく、しかし希望もないまま、スカーレットにキスをした。ドアが静かに開いた。彼は彼女を抱きあげていきたかったが、そうしたら荷物だけがエレベーターといっしょに階下へ行ってしまう。

ジョンは目を開け、一歩下がり……ドアの前に立っているサマーを見つけた。

13

スカーレットの世界はぐらついた。妹がぞっとしたように、信じられないとばかりに見つめている。ドアが閉まりはじめた。ジョンは腕で押さえながら、スーツケースを二つとも持って、廊下に置いた。スカーレットもエレベーターから降りた。

「サマー」スカーレットは嘆願するように言い、両手を伸ばした。「説明できることなの」

サマーの顔は蒼白《そうはく》だった。彼女はジョンとスカーレットを交互に見ている。「ただ夜をいっしょに過ごしただけだっていうの？」彼女の声は普段より一オクターブ高かった。

「ええ、でも——」

「部屋に入ろう」ジョンが言った。

サマーは首を振り、あとずさりした。「私に隠していたのはこのことだったの？　彼？」彼女は勢いよくあたりを見まわした。「あの晩、うちに帰ってこなかったのは彼のせい？　私が彼に指輪を返したあの日に？」

「説明させて」

サマーは両手を上げて、言葉をさえぎり、下りのボタンを押した。エレベーターのドアはすぐに開き、彼女は乗りこんだ。「あなたに会いたくて、一日早く帰ってきたのよ」彼女はスカーレットに言った。「そしてあなたにあやまるために今夜ここへ来たの」ジョンに言った。「ひどいことをしたと思ったから」

ドアが閉まり、スカーレットの心は砕けた。

「中へ入ろう」

「いや」

「彼女は家には帰らない。わかっているはずだ。今夜、彼女は見つからないよ」

「あなたとはいられないわ。行かなくちゃ」

「わかった」ジョンはやさしく、きっぱりと言った。「僕のスーツケースを部屋に置いてから、君を送っていく」

「タクシーで帰るわ」スカーレットは下りのボタンを何度も押した。「早く、早く」

「僕が送る」

「今はあなたと話せないの」

「僕に腹を立てているのか？」

「いいえ。そうよ」スカーレットは目を閉じ、自分の胸に拳《こぶし》をあてた。「私たち二人に。体の欲求を満たすためだけに、こんな危険を冒すなんて、ばかだったわ。ばか、ばか、ばか」

ジョンは彼女の肩をつかんだ。「僕にとっては体だけじゃなかった。最初を除いては」

私になにが言えるだろう？　ジョンを愛している

ことは知られたくない。ずっと秘密にしてきたのだ。死ぬまで隠し通せるだろう。サマーにはそのくらいの借りはある。「私にとってはそうだった」

「信じない」

「それはあなたの問題だわ」スカーレットはサマーを見つけたかった。説明し、許しを請うために。エレベーターのドアが開くと、彼女はスーツケースをつかんだ。彼も自分の荷物を持って続いた。「ついてこないで」

「家まで送る」

スカーレットは話すのをやめた。家までずっと黙っていた。ジョンの車を降りると、なにも言わずにドアを閉めた。この不幸は言葉では解決できない。

スカーレットの部屋はうつろに見えた。サマーの部屋をのぞくと、まだ解いていない荷物が置いてある。

スカーレットは妹のベッドに座り、カバーを撫《な》で、枕《まくら》を抱きしめた。

頭も目も喉も痛い。砲弾が彼女の胃を標的にしていた。心臓が激しいリズムを刻み、その音が聞こえ、いたるところで感じられた。

サマーとの仲に男性が割って入ったことは一度もなかった。中には二人とゲームをしようとした人もいたが、二人は隠し事をせず、たがいに正直でいた。だから、誤解も言い争いもなかったのだ。

ジョンがサマーに興味を持っているとわかるとすぐ、スカーレットは彼を避けた。あまりにも避けるので、サマーに彼が好きなのかときかれるほどだった。少なくともスカーレットは正直に、彼は好きだが、三人では多すぎる、と答えた。だが、必死になって抵抗したものの、スカーレットは彼を愛していた。彼のアパートメントでのあの夜までは、その思いを箱にしまいこんでいたのだ。

スカーレットはサマーの枕を顔に押しつけ、大声で叫んだ。どうしてあの夜、彼に会いに行ってしまったのだろう？　どうして彼を慰め、友情を示すぐらいなんでもないと思ってしまったのだろう？　わかっていたのだ。一人で彼に会いに行って、いいことはないと心の中では知っていたのだ。

その後、いい思い出が欲しいだけだと自分を納得させた。でも、世界でいちばん愛し、世界でいちばん愛してくれる人を傷つけてしまった。妹を、親友を。

スカーレットが利己的でなければ、すべては避けられた。

スカーレットは自分の部屋とはまったく違う、妹のベッドルームを見まわした。サマーの性格が見える——私より女らしい。もっと家庭的だ。私のアンティーク趣味は祖母譲りだ。

〝帰ってきてくれる？〟

〝私を許してくれる？〟

スカーレットは濡《ぬ》れた頰を手でぬぐい、サマーのベッドわきにある電話をとった。応答してくれないのは承知でサマーの携帯電話にかけ、留守番電話に切り替わるのを待った。

「サマー……」二秒ほど喉がつまった。「あなたが思っている以上にいろいろとあるの。自分のしたことの言い訳をしようとは思わないけど、ただどうしてそうなったのかを話したいの。お願いよ。会いたくないというなら、せめて電話して。あ……愛してるわ」

スカーレットは受話器を台に戻し、髪をうしろへはねのけると、自分のベッドルームに向かい、ドアを閉めた。眠れないのはわかっていた。だからデザイン帳を持って、アームチェアにまるくなって座ったが、体の中で創作力が破裂したみたいで、瓦礫《がれき》しか残っていない。

デザイン帳を投げ、両手に顔を隠し、椅子の背に頭をあずけた。電話が鳴った。スカーレットは飛びあがり、二度目のベルの途中で受話器をとった。

「サマー？」

「いや、僕だ」ジョンだった。

スカーレットはベッドに座りこんだ。

「まだ起きていると思ったんだ」彼が言った。「話したいかい？」

「なにを言えばいいの？」

「彼女が状況に順応する時間をあげなければいけない」

「立場が逆だったら、私は順応なんかしない」

「サマーはするさ」

「つまり、私よりサマーのほうがすぐれた人間ということだわ」

「そんなことは言っていない。君だって順応するだろうが、君のほうが時間がかかるかもしれない」

スカーレットは彼の声が笑っているような気がした。どうしてほほえんだりできるの？

「だが、彼女は恋していて、幸せだ」ジョンは続けた。「そして君を愛している。大丈夫だ。ほかには誰も知らないし、彼女も誰にも言わないだろう。たぶんジーク以外には。うまくいくよ」

「どうしてそんなに自信が持てるの？　どうして落ち着いていられるの？」涙があふれてきた。

「そんなに興奮するほど価値のあることとは思わないから」

「価値がない……」スカーレットは最後まで言えなかった。「あなたは簡単に言えるわよね、ジョン」

価値がない？「もうあなたとは話せないわ」

スカーレットは電話を切り、ベッドの上で体をまるめた。これまで自分の行動を後悔したことはあった――未熟な選択をしたとか、耐えず祖父を怒らせようとしたとか、ささやかな後悔を。

だが、その全部を合わせても、今回のにはおよばない。

「喪中なの?」翌日、ジェシーがスカーレットにきいた。「あなたが黒ずくめで来るなんて、初めて見たわ」

スカーレットは眠らないまま、早めにオフィスへ来ると、自分の席に直行して、引きこもっていた。

「なにか用事?」スカーレットは尋ねた。

「機嫌が悪いのね」ジェシーは眉を上げた。「あなた宛《あて》に届いたの」ジェシーは〈ティファニー〉の箱をスカーレットのデスクに置き、離れていった。

スカーレットはジョンからの贈り物を開ける気はなかった。箱を引き出しに入れ、仕事に戻った。早くランチタイムになってほしい。

夜中のどこかの時点で、話のできる人間がいることに気づいた。いとこのブライアンだ。秘密を墓場まで持っていけるのは彼しかいない。

昼休みに〈ユンヌ・ニュイ〉へ行き、話をするつもりで、彼が店にいることは電話で確認してある。彼は秘密を守るだけでなく、いいアドバイスをしてくれるとあてにしていた。

午前中、スカーレットは引き出しに手を伸ばしては、ぱっと引っこめ、仕事に戻った。足音が近づいてくるたびに、サマーではないかと期待した。今日は仕事に戻っているかもしれないと考えて、彼女のオフィスにかけてみたが、留守だというメッセージが流れてきた。

ようやく昼休みになった。灰色の空と冷たい春雨が髪を濡らし、今の気分にぴったりだと思いながら、スカーレットはタクシーをとめた。彼女がレストランに入ったとき、携帯電話が鳴った。雨の中に戻って、話をしたくはないが、サマーからかもしれない。

「もしもし。間に合ったかな」サマーではなく、ブライアンだ。ということは、悪い知らせでしかない。

「なにに間に合ったっていうの？」見まわすと、スタッシュが近づいてきた。「〈ユンヌ・ニュイ〉の中に立っているのよ」

「くそっ。すまない、スカーレット。出かけなければならなかったんだ。今、空港へ向かう途中だ」

「私に会うまで待てないほど大事なことなの？」スカーレットはパニック寸前だった。誰かに話す必要があって、ブライアンだけが頼みの綱だった。「一時間も待てないほど大事なことなんてあるの？」

間をおいて、ブライアンが言った。「トルコのサフラン農園について、いい情報が入った」

スカーレットはため息をついた。「わかった。私には関係ないことだわ」

「帰ったらすぐ電話する。約束だ。でなければ今、僕が運転している間に話してくれ」

目の前にスタッシュが辛抱強く立っている。

「無理よ。すごく込み入ってるし、個人的なことだから」

「このうめ合わせはするよ。時間ができたら、向こうから電話する。ランチは僕のおごりだ」

食べられるとでも思っているのだろうか。「ええ。ありがとう」

「じゃあ、また」ブライアンは電話を切った。

スカーレットは携帯電話をポケットにしまい、スタッシュと挨拶《あいさつ》を交わし、なんとなく見まわして、これからどうしようかと考えた。

「元気がなさそうですね」スタッシュが心配そうに言った。

「大丈夫よ。ブライアンがいないから、どうしようかと考えているだけ」一人で食べるのは論外だ。今は、食べること自体、選択肢にない。

「カランがエリオット家の席にいますよ。彼に合流したらいいでしょう」スタッシュは彼女の腕に手を添えた。「せめてスープでも。ジンジャー・キャロット、あなたの好きなスープです」

スカーレットはうなずいた。疲れすぎて、話すこともできない。カランがおしゃべりをする気分であることを願った。ぼんやりしていても、聞くだけならなんとかなるだろう。

「座ってもいい？」スカーレットは無理に笑みを浮かべて、カランに尋ねた。

「ええっと」カランはスカーレットのうしろを見て、それから彼女を見た。「連れが来ることに――」

「僕だ」

背後からジョンの声が聞こえ、スカーレットは彼の体温まで感じられるような気がした。

「それで？　三人でランチですか？」スタッシュが明るく尋ねた。

「いいえ」スカーレットはよろよろとあとずさりして、ジョンにぶつかった。

カランの携帯電話が鳴った。彼は電話を開き、ディスプレイに表示された電話番号に眉をひそめた。そして、ためらいがちに応じた。

「わ、私、じゃましたくないから」スカーレットは肩ごしに告げた。背中にジョンの手があり、支えてくれているのがわかる。彼の腕に倒れこみたかった。彼に抱かれ、慰めてほしかった。今までこんなことを望んだことはないし、こんな……女の子みたいに扱われる必要もなかった。一瞬、サマーのことさえ忘れた。ジョンが欲しかった。

「なんだって？」カランの声が大きくなった。「で、彼女は？」

スカーレットはカランの声に恐怖を感じ取った。

「彼女はどこに連れていかれた？……できるだけ早く行く」彼は電話を切り、立ちあがった。「行かないと」

「どうしたの？」スカーレットがきいた。カランはいつも機嫌がよくて、彼をあわてさせることなどどないように見えた――今までは。「誰か怪我《けが》したの？」

「君の知らない人だ」彼はナプキンをテーブルに置くと、ジョンを見た。「悪い。せっかく来てくれたのに、ラスヴェガスへ行かなければならなくなった」

「かまわないさ。僕にできることは？」

「連絡する。ありがとう」

カランはさよならさえ言わなかった。

ジョンとスカーレットとスタッシュは、カランが店から駆け出していくのを見送った。

「ランチをいっしょにしよう」ジョンが言った。

スカーレットは首を振った。

スタッシュはそっと姿を消した。

「話がしたい」ジョンが誘った。

「できない」スカーレットは数歩進んでから、戻ってきた。「もうプレゼントは贈らないで」

彼は驚いたようすだ。「プレゼントなんてしていない」

「じゃあ、誰なの？　サマー？」スカーレットはオフィスに戻りたかった。箱を開けなくちゃ。

「さようなら、ジョン」最後の別れだと彼に聞き取ってほしかった。

スカーレットはオフィスに戻り、箱を取り出し、リボンを引きちぎり、蓋《ふた》を開けた。中には蝶番《ちょうつがい》つきの宝石箱が入っていて、開けると、軽くきしんだ。赤いエナメルでアクセントをつけた、モダンな蛇のデザインの、美しい金のチョーカーだ。

チョーカーの下にカードがあった。

〝仕事でも人生でも、おまえのしていることを誇りに思っている。ささやかなプレゼントだ。
愛をこめて、祖父より〟

スカーレットは机に突っ伏して泣いた。

14

サマーはスイートルームの入り口に立ちふさがっている。二日前に〈ユンヌ・ニュイ〉で見たスカーレットよりはわずかに元気そうだ。ジョンは目の前でサマーにドアを閉められまいとしていたが、彼女は腕を組み、彼をにらみつけた。

「どうやって見つけたの？」サマーは喧嘩《けんか》腰だった。

ジョンは初めて、姉妹が似ていると思った。本気で怒っているサマーを見るのも初めてだった。

「入っていいかい？」ジョンは彼女の質問に答えなかった。彼はコネを使って、ジークが〈ウォルドルフ・アストリア〉のスイートルームに泊まっているのを突きとめたのだ。

「話すことはないわ」

「いや、ある。結論に飛びつくなんて、君らしくないな」

「そうかしら？　私たちが別れた夜、あなたと姉がベッドをともにして、それから関係を続けているっていう結論に達したのよ。ほかの結論があるっていうの？」

「君が婚約を解消した夜だ」ジョンは静かに言った。

顔を紅潮させ、サマーはドアを閉めかけた。

ジョンがそれをとめた。「いいかい、サマー。ここに来たのは僕たちの過去を蒸し返すためじゃない。スカーレットが心配なんだ。廊下でこんな話はしたくないが、必要ならば、ドアごしにだって大声で叫ぶぞ。君の部屋にボディガードがいるなら、今ごろ飛んできているはずだ。さあ、大人になって、静かに話をしよう」

少し考えてから、サマーはうしろに下がり、黙ってジョンを招き入れた。広々としたスイートルームからは最高の景色が望めた。ジョンは彼女が座るのを待ってから、向かい側に座った。「ジークは？」

「出かけているわ」

「君は婚約中に別の男と関係を持った人間にしては、ずいぶんと独善的にふるまっているね」

「私だってそんなこと自慢にしていないし、それは知っているはずよ。それに、私は二カ月も隠したりしなかったわ。すぐにあなたに打ち明けた。説明しようともした。ジークと出会ってすぐに……全部知っているでしょう、ジョン」

「君だって、スカーレットが僕たちのことを君に話せなかった理由はわかっているはずだ」

「どうしろっていうの？　受け入れろ？　認めろってこと？」

「君が僕のことをどう思うかなんて、どうでもいい」ジョンは身を乗り出した。「だが、君はスカーレットと話すべきだ。彼女はぼろぼろだ。眠っていないし、ほんとうに……つらそうなんだ」

サマーは椅子から体を持ちあげ、ぎこちない足取りで窓辺へと歩いた。だが、彼女の目に不安がよぎるのにジョンは気づいた。

「彼女と関係を続けるつもり？」

「僕が望んでいるのは、君が彼女と仲直りすることだけだ」

「彼女を愛しているの？　それとも私に仕返しするために彼女を利用したの？」

ジョンはサマーの隣に向かった。彼のスカーレットへの思いは、サマーに感じていたものよりたしかで強烈だが、それをサマーに言うつもりはない。

「最近、僕は自分についていろいろなことを学んだ。そして君がジークと出会ったときに、君に起こったことを理解できるようになった。ほんとうは心も結ばれていなければならなかったのに、婚約していたときには、そうではなかった。でなければ、結婚するまではベッドをともにしないという君の言い分に満足するはずがなかったんだ」

「それをスカーレットが十二分にうめ合わせてくれたのね。立派な代役だったでしょう？」

「これは君とはまったく関係ないことだ」サマーがわかっていないことに、ジョンはいらだったが、腹は立てなかった。スカーレットがサマーを必要としているということをサマーが理解するには、これしかないとわかっていたからだ。「君はジークと会って、真実を知った。なにか後悔しているかい？」

サマーは首を振った。

「君はスキャンダルを引き起こした」ジョンは彼女に思い出させた。くわしく話す必要はなかったが、二人の間にはまだ少しなまなましいものが残っている。彼女は婚約を三週間たらずで解消したばかりか、堂々と、幸せそうに、ロックスターと親しくなったのだ。ジョンが受け入れるには大変なことだった。

「今回のことはスキャンダラスだとは思わないの、ジョン？　あなたとスカーレットが付き合うことよ？　どう見えるかわからない？」

「僕が興味があるのは、君たち二人がまた話をするようになることだけだ。ほかはどうでもいい」

「彼女はいろいろなことをして、祖父を傷つけてきたわ。たいしたことはないけど、でも、いらだたせた。今度のは大きいわ。祖父は許さないかもしれない。ようやくうまくいきはじめたばかりなのに」

「パトリックが知る理由はない」

サマーは凍りついた。「あなたたちは終わったってこと？」

「そうだ」スカーレットはもう二度と僕にかかわらないだろう。ジョンは確信していた。

しばらくサマーは黙っていた。ジョンもそれ以上言うことはなかった。

「彼女はあなたを愛しているの?」サマーが尋ねた。「あなたがなにを犠牲にしようとしているか、彼女は知っているの?」

ジョンはポケットに手を入れ、指先で鍵《かぎ》をいじった。彼女が送ってきたのだ。箱の中には小さな紙切れも入っていて〝さようなら〟と書いてあった。

「犠牲なんかない」ジョンは言った。「終わったんだ。僕が君のしたことをやりすごせるなら、君だって彼女のしたことをやりすごせるさ。僕たちはあの晩、君が帰ってくる前に、終わらせるつもりだった。君に見つかることはないはずだったんだ。僕が関係を続けたがっても、彼女は頑として曲げなかった。誰かに見つかることを恐れていた」

「考えてみるわ」しばらくしてサマーが言った。

だがジョンは、サマーがスカーレットに会いに行き、二人は仲直りするとわかった。たぶん二人の関係は多少変わるだろうが、いずれにしても、サマーがジークと婚約したことで変わっていたのだ。ジョンはこれまで双子の絆《きずな》というものを完全には理解していなかったが、今はわかる。ああいう姉妹の関係は、ほかに類を見ない、特別なものなのだ。

カードキー特有の音が聞こえ、ドアが開いた。ジークとウッドローが入ってきて、二人を見ると、近づいてきた。彼はサマーに腕をまわし、それからジョンに手を差し出した。

「スカーレットと会うよう説得したんでしょう。僕よりついていたのならいいが」ジークが言った。

この男に対して抱いていたかすかないらだちは氷解した。ジョンは彼の率直さ、そしてまぎれもないサマーへの愛情が気にいった。「やってはみた」

「彼女は意固地にもなれるんでね」

「彼女が?」ジョンはそう言わずにいられなかった。サマーが意固地になったり、強情になったり、過度に要求したりするところなど見たことがなかった。

これらはみな、スカーレットに向けられた言葉だ。

「エリオット家の女性だから」

ジークはほほえんだ。

ジョンはサマーを見た。「幸せを祈っている」

「ありがとう」サマーが答えた。「うれしいわ」

ジョンはドアから出て、なにもないアパートメントへ帰った。そこにあるなにもかもに、スカーレット・エリオットとの思い出がつまっていた。


スカーレットはミシンのペダルを踏みこんだ。自分のベッドルームの新しいカーテンを作っていた。それは家の外観に合いながら、現代風の内装にもとけ合うものだった。これが四枚目で最後だ。この数日間、スカーレットは昼間はずっと『カリスマ』誌で働き、夜にはミシン台に突っ伏して眠ってしまうまで、ミシンをかけていた。

食べ物は——あれはなんだった？　胃が受けつけるのはトーストと紅茶だけだ。

長さ二メートル半の端まで来ると、レバーを切り替えて返し縫いをしてとめ、余分な糸を切り落とした。すべて頭を使わず、機械的にやっていた。

静かになると、ぞっとした。CDは演奏を終えてしまったのだろう。彼女は首をまわし、肩の凝りをほぐそうとし、また音楽をかけるつもりで立ちあがった。

部屋を入ったところに、サマーが立っていた。

スカーレットの中で希望がふくらんだ。

「あなたが話したいことを聞きに来たわ」サマーが言った。「でも、なにもかも言ってよ。私が傷つくかもしれないからって、隠したりしないで」彼女は踵《きびす》を返した。「リビングルームに行きましょう」

二人はソファの端と端に座った。スカーレットはサマーが落ち着いているのか、超然としているのかわからなかったが、二人の間には間違いなく、かつてはなかった壁があった。

スカーレットはどこから話せばいいのかわからず、結局、いちばん重要な事実から始めた。「一年くらい前からジョンを愛していたの」

ショックによる静寂が、拡声器から聞こえるかのように、部屋に鳴り響いた。

「そうなの?」ようやくサマーが言った。

スカーレットがうなずく。「別に自慢でも、うれしくもないことだけど」

「考えてもいなかったわ。でも、それでいろいろなことの説明がつくわね」

「あなたは私が彼を嫌いだと――」スカーレットが言いだすと同時に、妹もこう言っていた。

「私はあなたが彼を嫌いなんだと――」

二人はそっとほほえんだ。

「こういうのは久しぶりね」サマーが言った。「あなたは彼を愛している。じゃあ、私が婚約を破棄したと言ったとき、どんな気分だった?」

「動揺したし、困惑したわ」

「どうして?」

「あなたが考えなしに行動していると思ったの。不必要に彼を傷つけているって」

「これで彼が自分のものになるとは考えなかったの?」

スカーレットは強く首を振った。「思いつかなかったわ。彼はあなたを愛していた。彼を手に入れるチャンスだなんて、考えもしなかった。それに、あなたがジークに、そしてセックスの目新しさにのぼせているだけだと思っていた。だから、あなたがジョンにはなんの欲望も感じなかったと言ったとき、腹が立ったわ。だって、彼にすべてを与えないことで、彼を欺いていたんだもの。彼はすべてに値する人だわ」

サマーの勢いが少し弱まった。「あなたの言うとおりよ。だから、ほんとうは、あなたはほっとして当然だったんだわ」

「私にわかっていたのは、彼が傷ついているに違いないってことだけ。あの夜、彼に会いに行ったのよ。婚約を破棄するなんて、あなたが大きな間違いを犯していると思うと言いにね。それが突然、キスしていたわ。そして先へ進んでしまった」スカーレットは息もつけず、口を閉じ、それからさらに冷静に続けた。「私の夢が現実になったの。一夜限りのことだと承知で、私は便乗したわ。私たちに将来はありえないってわかっていたの」

「でも、続けた」

「すぐにじゃなかったのよ。あなたがアメリカを出て、彼がロサンゼルスから戻るまでは会ってなかった。私たちはつかまってしまったの、サマー。どうすることもできないみたいだった。あなたとジークみたいにね」

「わかるわ」

「あなたがいない一カ月間だけということにしたわ。体の関係だけということになっていたし」

サマーを目を見開いた。「彼に愛していると言ってないの？」

「ええ。それに、いっしょに出かけることができなかったから、関係がいっそう……濃密になったみたい。気をそらすこともないし、普通のデートもなかった。あなたが現れたあの夜、終わりにする予定だったのよ」

サマーがうなずいた。「それで今は？」

「今はなにもないわ」

「もう彼に会わないつもり？」

「ええ」

サマーが窓のそばへ行き、スカーレットは待った。

「どうして？」サマーがきいた。

「わかるでしょう。今でも隠さなくてはならないからよ」

「なぜ？」

「隠さなければ、スキャンダルになるから。一つ終わったのに、また次のスキャンダルだなんて。家族をそんな目にはあわせられない」〝おじい様は誇りに思うって、ようやく言ってくれたばかりなの〟

「どうして終わったって思うの？」

私は鍵を返した。ジョンは電話をしてこないし、私を取り戻そうと会いにも来ない。もし私を愛しているのなら、なんとかするはずだ。「ただわかるの」

「ねえ、スカー、最初から私に正直になってくれていたら、こんなことは避けられたのよ」

「それは違う。そうじゃないことをあなただってわかっているはずよ。あなたはきっと傷ついて、腹を立てたわ。たぶん今よりもずっと。私たちを、ジョンと私を憎んだでしょうね」

「私が言っているのは、もっと前、あなたが最初に恋に落ちたときのこと」

スカーレットも窓辺に立った。「私がどうして言えた？　なんと言えばよかったの？　彼はあなたのほうが好きだったのよ」

サマーはまぶたを指で押さえた。「たぶん、あなたの言うとおりだわ。そしてあなたたちの最初の夜のあと、私に話さなかったのもたぶん正しい。私は、ジョンが私への復讐《ふくしゅう》のために、あなたを利用していると考えたでしょうね」

「それは違うわ」

「今はわかってるわ」サマーは通りを見つめた。一分以上が過ぎた。「あなたは自分が望むものを追い求めるべきよ」ようやく口を開いた。その声はかすかに震えている。

スカーレットは唖然《あぜん》とした。「冗談でしょう」

「いいえ」

「どうしてそんなことができるの？　みんなはなん

て言うかしら？　おじい様たち――」

「みんな、ジョンを気にいってるわ」

「どう説明すればいいの？　噂《うわさ》になるわ。答えなければならなくなる」

「私たち四人で出かけましょう。人前に出るの。好きなように言わせておきましょうよ。それがなんだっていうの？」サマーの姿勢から声まで、すべてが変わっていた。強さと自信がにじみ出ている。

いっきに希望が戻ってきたが、現実的な思いがそれを許さない。「ジョンと私が将来をともにしないのであれば、公になんかできない。長い未来よ」

「じゃあ、まずそれをさがして、そこから出発しなさいよ」

「あなたって信じられないくらい、心が広いのね。もし立場が逆だったら――」

「あなただって同じことをしていたわ」

スカーレットはためらいがちに妹の肩に手を置いた。「あなたに隠し事をしているのは、ほんとうにつらかった」

「二度としないで」サマーの目が潤んだ。「いろいろなことが変わったのはわかっている。でも、なにがあろうと、私たちがそうさせない限り、私たちの絆を断ち切ることはできないのよ。それとは関係なく、今ではジークが私の人生の一部だけど」

「わかってるわ、サマー。私、置き去りにされたような気分だった。たぶん少し嫉妬《しっと》していたのね。あなたが恋していて、あまりに幸せそうだったから。仕事を離れたのもうらやましかったわ、たとえ一カ月でも。一カ月だけなんでしょう？」

「まだわからない。でも、どうかしら。最後にはやめるつもりよ、スカー。カメラマンになりたいの」

それ以上質問も、告白もなかった。二人はたがいの体に腕をまわし、強く抱き合った。

「愛しているわ、とても――」

「愛しているわ、なにより――」

二人は体を震わせて笑った。

「私のウエディングドレスのデザインを見せて」サマーはスカーレットの涙をぬぐってから言った。

「日取りは決めたの？」

「話し合っているところ。でも、ダブルウエディングができるまで、喜んで待つわよ」

スカーレットの胸に、また希望が頭をもたげてきた。今度の希望の中心にはジョンがいる。「あなたは大がかりで派手な結婚式がしたいんでしょう。私は違うわ」

「いいえ、あなたもそうなるわ」サマーは訳知り顔でほほえんだ。

「そんなこと、夢見たこともないのに」

「恋に落ちるまではね」サマーはスカーレットを抱きしめた。「さあ、私のドレスを見せてちょうだい。あなたのもよ」

15

エリオット家のヘリコプターが〈ザ・タイズ〉の上空を降下し、着陸準備に入った。スカーレットは空からの眺めを堪能《たんのう》した。巨大な二十世紀初頭に建てられた屋敷が、絶えず変化する大西洋を見渡す断《だん》崖《がい》のそばにそびえている。エレガントな環状の私道にはしばしば車がたくさん並ぶ。祖母のみごとな薔《ば》薇《ら》園や手入れの行き届いた芝生はいい香りがして、人々を誘うようだ。かつては薔薇園でかくれんぼをしたり、芝生でタッチフットボールをしたりして楽しんだものだ。

手彫りの石階段で断崖を下りきるとプライベートビーチがあり、そこでスカーレットとサマーは七月の暖かい日や八月の暑い夜に、男の子や人生や両親について話し、ゆったり過ごしたものだった。

スカーレットと〈ザ・タイズ〉との関係は複雑だ。安息の地だが、ときおり牢獄《ろうごく》にもなった。祖母はとりなし役、祖父は刑務所長。サマーは外交官で、スカーレットは反逆者……。一年前、祖父に闘いを挑むのをやめるまでは。

ヘリコプターが静かに着陸すると、スカーレットは勇気を振り絞り、パイロットに礼を言って、ヘリコプターの羽根が巻き起こす風に逆らいながら、身をかがめてヘリポートを走った。

スカーレットは初めて仕事をサボった。

彼女は渡り廊下を走り、横手の入り口から屋敷に入った。階段の下におさまっている化粧室に直行すると、髪をとかし、服を整えてから、祖父母をさがしに出た。二人は彼女が来るのを知っているし、ヘリコプターが来た音を聞いたはずだ。

緊張と期待で胃が痛くなりながら、屋敷を通り抜けた。たぶん二人はサンルームで朝の日差しを楽しんでいるのだろう。祖父母は二人掛けのソファに座っていた。顔を近づけ、静かに話している。メーヴはパトリックの顔にやさしく触れ、彼はその手に手を重ねた。結婚生活五十七年後の深い愛情はうらやましいほどだ。

スカーレットは目を閉じた。ゆっくりと深呼吸し、中へ足を進めた。「おはよう」彼女は二人にキスをした。「ヘリコプターをよこしてくれてありがとう」彼女は祖父に言った。

「急いでいるみたいに聞こえたからだ」

「寝不足みたいね」祖母は心配そうに顔をしかめた。

「私は大丈夫よ」スカーレットは箱をパトリックに返した。「これはいただけないわ。とてもきれいよ、おじい様。そして私の趣味にぴったり、でも、私にはもったいないわ。私は、これが象徴していること、おじい様がカードに書いてくださったことに値しない人間なの。これから話すことを聞いたら、もうおじい様も私を誇りには思わないでしょうし」

祖父は眉をひそめた。「一年前のあの不良との付き合い以降は、ゴシップになっていないじゃないか。それに、おまえが『カリスマ』誌にとって貴重な戦力になっていることはたしかだ」

「バイクに乗っているからって、不良とは――」スカーレットは思わず言い争いをしそうになるのをこらえた。今、癇癪《かんしゃく》を起こすわけにはいかない。「私の仕事とは関係ないことなの」彼女は必死になって気持ちを抑え、祖父がスパイを送りこんでいることを思い出した。「それにしても、おじい様の情報源は誰なの？　フィンはかぎまわられるのが大嫌いよ」

「フィンは被害妄想だ」

「パトリック」メーヴがたしなめた。

「いや、そうだ。あの子をかぎまわったりしていない。そんな必要はないんだ。いつでも好きな数字を見ることができる。ケードにスカーレットのようすを尋ねたよ。少なくとも、彼は口をきいてくれる。フィノーラと違って」

もっともだ、とスカーレットは思った。

「かけなさい。そしてその頭にあることを吐き出しなさい」

スカーレットは椅子を引き寄せ、腰を下ろした。

「私、ジョン・ハーランと付き合っているの」

祖母が目を見開いたが、彼女が見せた反応はそれだけだった。祖父の表情は暗くなった。嵐《あらし》の前の静けさだ。

「彼と付き合っている？　どういうことだ？」祖父は冷静に尋ねた。

「デートしているの」

「彼とベッドをともにしているのか？」

「ええ」オーケー。ここが最悪だ。

「いつから?」

「一カ月前」スカーレットはさらに一カ月前の、二人の最初の夜のことは知らせなくていい、と判断した。関係する人全員を傷つけるだけだ。

「おまえの妹は知っているのか?」

スカーレットはうなずいた。「彼女には知られないはずだったけど、一日早く帰ってきたから、いっしょのところを見られてしまったの。付き合いを終わりにするはずだった夜に」

祖父が立ちあがり、スカーレットも思わず立ちあがった。今日はハイヒールをはいていないので、まっすぐに祖父の目を見ることはできない。彼は彼女よりはるかに背が高いように思えた。

「ようやくおまえも大人になったんだと思っていた。どうして妹にそんなことができたんだ? そんな形であの子を裏切ったりして?」

祖父は前にもその言葉を使った――裏切り。サマーは許してくれたのに、そのことはまだ心に突き刺さった。スカーレットは必死に変わろうとしてきたからだ。変わったのだ。

「どうしようもなかったの」彼女は穏やかに言った。「言い訳はしないわ。償わなければならないのもわかってる」

「どうしようもなかった?」祖父は大声をあげた。「自分を抑えられないのは獣《けだもの》だ。弱いやつだけが自分をコントロールできない。おまえは強い女で、善悪の違いをわかっている。これはいけないことだ」

「知っています」

祖父は歩きだした。

「ごめんなさい」スカーレットは言った。「お二人をがっかりさせたのはわかってるわ」彼女は思いきって祖母を見た。「サマーを傷つけるつもりなんかなかった。あの子だけは傷つけたりしない」

「でも、傷つけてしまったのね」祖母が言った。

祖父を落胆させることなら耐えられるし、初めてでもなかった。だが、祖母は別だ。スカーレットは床に視線を落としたかったが、顔を上げたままでいた。

「どうして私たちに話している？」祖父がきいた。

その口調から、スカーレットは祖父を失望させ、彼の期待に応《こた》えられなかったのだと思い知らされた。

「彼を愛しているから」

「このことを公にするとでも言うのか？　おまえの妹に恥をかかせるのか？」

「サマーは平気よ。公にするかどうかはわからないわ。ただ、お二人に知っておいてほしかった」

「彼はあなたを愛しているの？」祖母が尋ねた。

「言われたことはないわ」

「私に祝福でもしろと言うのか？」祖父は唖然《あぜん》としたように言った。「まさか、そんなこと――」

「うろつくのはやめて」メーヴがさえぎった。「座ってちょうだい。ちっとも役に立たないわ」

「私がこのことで役に立つべきなのか？」祖父の疑問はもっともだが、とにかく彼は腰を下ろした。

「この子の気持ちを楽にすべきなのか？」

「ええ、あなたはそうすべきだと思うわ」

スカーレットはまた座れて、ほっとした。「あの二人が別れたことに、私はまったく関係ないのよ」

「もちろんですとも」祖母は彼女の手をたたいた。

スカーレットは祖母の手を錨《いかり》のようにつかんだ。

「祝福してほしいの、おじい様。なにが起きるかはわからない。これはみんな無駄だったのかもしれない。でも、お二人に認めてもらえるとわからなければ、ジョンとうまくやっていくという希望すら持てないわ」

「私に祝福してくれというんだな？」

スカーレットがうなずく。

「しなければ?」

スカーレットは祖父の目をまっすぐに見た。「もう彼とは会いません」

パトリックは椅子に深く座り、眉をつりあげた。

「彼をあきらめると?」

「私はもう大人よ。子供じゃない。両親が死んでから、私とサマーにしてもらったことには感謝しているわ。私がそれを示すのに、ずいぶんと時間がかかってしまったけれど」

長い静寂の間、時を刻む時計は部屋にはないのに、スカーレットの頭の中では、時限爆弾が彼女の将来を決定しようとしているかのように、その音が響いている気がした。ジョンからはまだ肝心のことを聞いていないけれど。

「祝福しよう」ついに祖父が言った。

スカーレットは待ち受けていた祖母の腕に倒れこんだ。すすり泣いてしまいそうなほどの安堵《あんど》の気持ちを抑えたかったが、ついに彼女は激しい感情にのみこまれた。祖父に背中をたたかれるのを感じた。

「病気になってしまうぞ」祖父が言った。言い争いに慣れている彼は、スカーレットの涙に困っているようだ。

彼はハンカチをスカーレットの手に押しつけた。彼女は祖父の手ごとつかむと、祖母の腕の中から彼のほうへ移った。「ありがとう」震える声でささやいた。「どうもありがとう。おじい様が誇りに思えるような形で、やってみるわ」

「誇りに思っているよ。いつだってそうだった。おまえは私によく似ている。おまえは会社でも成功した。だから、ぶつかり合うんだ。おまえは私によく似ている。だから、いつか経営してくれるものと期待している」

スカーレットは祖父のハンカチで頬をぬぐい、鼻をかみ、時間をかせいだ。ほほえもうとした。なんだかんだいっても、サマーの休職は認めてくれたのだ。「そのことだけど……」

祖父は眉をつりあげた。

「ジョンとのことがどうなろうと、年末までは、つまりフィンが勝つまでは『カリスマ』誌にいるつもりよ。ただ、そのあとは、フルタイムでデザインの世界に挑戦するつもりなの」

「そんなニュースは別の機会に話そうとは思わなかったのか？」

「全部いっぺんにさらけ出したほうがいいかと思ったの。片づけて、先へ進むために」

「なんだかあなたのモットーみたいに聞こえるわね」メーヴが夫に言った。

彼はほほえみ、肩をすくめた。

「すぐにヘリコプターで帰りたいんでしょう？」

「ええ、おばあ様。ありがとう」スカーレットは立ちあがった。

パトリックも立ちあがり、宝石箱を孫娘に返した。「今ほどおまえを自慢に思ったことはないよ、スカーレット。誇りを持って、これをつけなさい。私の誇りだ。おまえはほんとうの自分になった。それには承認が必要だ。ああ、涙はもういらないぞ」彼はおびえたふりをした。

スカーレットは笑った。そして愛する男性をさがしに出発した。

16

午後遅く、ジョンはオフィスのドアを閉め、職場の普段の騒音を締め出した。サマーが許したら——いや、どんな形だろうと、二人の仲が修復できたら——すぐにスカーレットから連絡があると信じていた。今ごろはもう仲直りしていると期待していた。どうしてスカーレットからなにも言ってこないのだろう。

時間を確かめた。彼女はまだ職場だろうが、まだいるかどうかぎりぎりのところだ。電話をすると、留守番電話が応答した。「ジョンだ」わざわざ名乗る必要があるのだろうか。「すぐに電話をしてくれ」

もし僕がオフィスを出る前に彼女が電話してこなかったら、彼女の自宅と、それから携帯電話にもかけてみよう。彼女がどうなっているのか知りたいし、言いたいこともあった。

ジョンの私用回線が鳴った。彼は二回鳴らしてから受話器をとった。「ジョン・ハーランです」

「ハイ、私よ」

スカーレット。メッセージを聞いたのだ。彼は顔を撫《な》でて、体の力を抜いた。

「電話をありがとう」ジョンはスカーレットを質問攻めにしたいのをこらえた。直接会って、彼女の気持ちを知りたかったからだ。どこかで会うよう、彼女を説得する必要があった。「サマーとは仲直りしたかい？」

「ええ」

ジョンは待ったが、彼女はそれ以上、なにも言わない。「そうか……よかった」

「ジョン、話し合いましょう」

「ああ。だから電話したんだ」

「あなたが……いつ？」

「ついさっきだ。だから、かけてきたんじゃないのか？」ジョンがきいた。

「いいえ。メッセンジャーにあなた宛《あて》の封筒を持たせたことを知らせたかったの。中身を読んで、よく考えて、返事をちょうだい」

「会うわけにはいかないのか？」

「メッセージを読めば、すべてはっきりするわ」

ここまできて、彼女はまだゲームをするというのか？　ただ話せばいいのに。「わかった、スカーレット。連絡するよ」

「どちらにころんでもよ。いい？」

彼女がなにを言いたいのか、ジョンにはわからなかったが、そのうちわかるだろうと思った。「わかった」

「じゃあ、あとで」スカーレットは受話器を置いた。

ジョンはアパートメントのドアマンに電話して、荷物が来るはずなので、届きしだい連絡するよう頼んだ。誰かが彼のオフィスのドアを強くノックし、返事を待たずにドアを開けた。

「ちょっといいか？　話し合おう」

ジョンは父親に挨拶《あいさつ》しようと立ちあがったが、自分がスカーレットに言ったのと同じ言葉だと気づき、不気味な感じがした。今日はジョンにとって人生最良の日ではなさそうだ。

スカーレットは両手を振って、気持ちを落ち着けようとし、豪華なホテルのスイートルームを軽やかに歩いた。ドアの前に立って、部屋を見てみた。〈リッツ・カールトン〉のこの二間続きのスイートルームを一晩使うために大金を払ったが、それだけの価値はある。二人用のテーブルは、セントラルパークを見渡せる窓辺にすでにセットしてある。ホテルの有名レストラン〈アトリエ〉に、思い出に残る料理を注文してあった。キャビア、ツナとアーティチョークのサラダ、ハーブを散らしたラムのリブ肉にほうれん草とリコッタチーズのニョッキ、そして最後の贅沢《ぜいたく》な仕上げとして、フォンダンショコラのキャラメルアイス添え。

お祝いのための食事だ。スカーレットはソムリエ長に会って、それぞれの料理に合ったワインを選んだ。

あと必要なのはジョンだけだ。

スカーレットは部屋をうろつき、窓に映った自分の姿に気づいた。ぴったりした黒いシースドレス、黒いサテンとラインストーンのハイヒール、母のパールとダイヤモンドのネックレス、そろいのイヤリング。このアクセサリーをつけたことはなかった。特別な場合のためにとってあったのだ。そして今日以上に特別なことなんて、想像できなかった。

炉棚の時計が六時を打った。もう彼は現れるだろう。

スカーレットはおびえ、不安で、高揚していた。部屋を歩きまわり、ディナー皿を一センチ動かし、それから戻し、銀器を完璧《かんぺき》に並べ、ワイングラスを明かりにかざしてみてから、まったく同じ場所に戻した。

さらに歩き、窓辺でとまった。サイレンが響いている。日常的な音が静かな部屋をつらぬき、そして近くでとまった。

突然の静寂の中、時計のチャイムが十五分たったことを告げた。

スカーレットは腕時計をさがしにベッドルームへ行き、時計が合っていることを確認した。合っていた。

六時半。彼女の頭の中で不安がかくれんぼしている。

六時四十五分。それに心配が加わった。

電話が鳴った。スカーレットは飛びあがりそうになった。彼は遅刻している、それだけのことで、電話でそう言ってきたのだ。

「もしもし?」

「ミス・エリオットですか?」

ジョンではない。「はい」

「ルームサービスをお届けしてよろしいでしょうか?」

「もう少し待ってもらえるかしら」準備ができたら電話するが、たぶん六時十五分ごろになると頼んであったのだ。「こちらの準備ができたら、すぐに電話するわ」

「承知いたしました」

スカーレットはふっと息を吐いた。ジョンはどこにいるの? 電話して封筒のことまで予告したのだから、運にまかせる要素はない。だが、彼女はまだドアを見つめ、彼がノックしてくれるのを待っていた。だが、響くのは静寂だけだ。

彼は来ないのだ。メモに書いたことをよく考えて、決定を下したのだろう。ただ、どちらにころんでも、電話すると言ったのに、彼はかけてこない。彼は約束は守る人だ。たぶん私が強引すぎて、期待が高すぎたのだろう。

だが、彼のほうも話がしたいと電話をかけていた。本人がそう言ったのだ。いったいどういうことだろう?

九時三十五分に、スカーレットはルームサービスをキャンセルし、椅子を窓に向けた。眼下では、車が走り、ヘッドライトが夜景に点を散らしている。ライトは流れ、一方は赤、一方は白い光のリボンになった。クラクションが鳴る。人生は続く。

だが、スカーレットの人生は違う。

どうしてジョンは私を求めてくれないのだろう?

面倒が多すぎるから？　私が大胆すぎて、男性としての彼をいつの間にか傷つけていたのかもしれない。私のことを維持費が高くて、生活に騒ぎを持ちこみすぎる人間だと考えたのだろう。

そう、たぶん私はジョンの生活を少々乱しただろうが、ドラマの女王なんかではない。私は彼を変えたりしなかった。彼は今でもこれまでどおり、冷静で落ち着いた人間だ。

そこが最大の問題なのかもしれない。私が強烈すぎ、彼が冷静すぎることが。

炎と氷。性的な関係にはいいが、人生となると別なのだ。

スカーレットはぼんやりと部屋を見まわした。痛いような失望が漂っている。どうして彼はこんなふうに私から逃げ出せたのだろう？　たしかに、サマーに二人のことを知られてから、彼に希望を与えなかったばかりか、あきらめさせようとした。だが、彼は礼儀正しい人だ。少なくとも来ないことを知らせるはずだ。そうすると言った。約束を守る人なのに。

彼が怪我《けが》をしていないのなら……。

スカーレットの笑い声がうつろに響いた。シャンパンだけでも持ってきてもらえばよかった。そうしたら豊かな想像力に乾杯できたのだ。『めぐり逢《あ》い』の見すぎだ。それにさっきサイレンが聞こえた。ホテルの正面でとまらなかった？　救急車だろうか？

「そうよ、スカーレット。彼はホテルを見あげていて、あなたに会いに来る途中で車にはねられたんだわ」

いらいらしながら、スカーレットはまた窓辺へ行き、冷たいガラスに額を押しあてて、外を見た。どうして彼が来ないのか、その理由が知りたいだけだった。彼女の想像の世界では、彼は緊急救命室《ER》にいて、血を流し、ほとんど意識がなく、彼女の名前を呼んでいる。そのほうが彼女を無視したと思うよりましだからだ。

それでスカーレットは目を覚まし、荷物を持って、自宅へ向かった。自分のベッドで体をまるめたい。二度と〈リッツ・カールトン〉なんか見たくない。

自分の車を走らせながら、窓を開け、頬に冷たい風を感じ、この夜の記憶を消そうとした。短いドライブなのに、果てしなく思えた。だが、即効性があったみたいだ。

タウンハウスに着くと、ガレージを開けた。スカーレットが車をとめている場所を見ると、空っぽで、ぽかんと口を開けている――彼女の人生を象徴しているようだった。

ジョンは片手に、この日一杯目のグレンフィディックのオンザロックを持ち、もう一方に指輪を持っていた。

小さなこすれるような音に振り返り、玄関を見た。なにか平らで白いものがある。ジョンは指輪をポケットにしまい、歩いていって、その封筒を拾いあげた。やっとスカーレットからの封筒が届いた。思わず彼はドアを開けた。ドアマンがあらかじめ知らせてこなかったからだ。

エレベーターの前に、こちらに背を向けて、女性が立っていた。今回の彼女は間違えようがない。

「スカーレット？」

彼女が振り返った。「私、てっきり――」彼女は躊躇《ちゅうちょ》し、混乱しているようだ。「あなたの車はなかったわ」

「修理工場にある」ジョンはスカーレットが近づいてくるのを待ったが、彼女が来ないので、困惑した。

エレベーターのドアが開いた。彼女は空っぽの箱を見たが、乗らなかった。ドアが静かに閉まった。

ジョンは封筒を開けて、便箋《びんせん》を取り出した。〝私たちは同じものを求めていないようね〟と書いてある。〝さようなら〟

これだけ？　謎《なぞ》の封筒が？　別れなら、鍵《かぎ》を返してよこしたときに、すでに告げられている。では、今度の〝さようなら〟はどういう意味だ？

「入って」ジョンは言った。

「ここでいいわ」

スカーレットにかかると、なにもかもがチャレンジだ。ジョンはいつも警戒し、そして魅せられた。

ジョンは便箋を持ちあげた。「理解不能だな。君が欲しくて、僕は欲しくないものって、なんなんだ？」

スカーレットは戦闘モードにギヤを切り替えるように肩をいからせた。「私は私たちの関係を続けたかった」

「どんなふうに？」

「これまでどおりよ。いっしょの時間を過ごすの」

そうだったか？「こっそりと？」ジョンはあきれていた。「平日にはおたがいの暇を見つけて？　土曜日には一晩？　ときどきは週末に出かけて？」

「そうよ」

ジョンはスカーレットを見つめた。これは彼が予想していたことではなかった。彼女は完全に彼を切り捨てるか、あるいはもっと彼を求めるかだと考えていたのだ。少なくとも、サマーの思いがけない登場で消えてしまった、最後のベッドを楽しもうとするとか。

「真昼の情事？」ジョンは廊下に出た。

スカーレットはたじろいだ。「なにもかも、この一カ月と同じよ。ただ今回は、みんなからの祝福をもらえたけど」

「パトリックも？」

「祖父もまるくなったみたい」

ジョンはその言葉の意味を考えるゆとりがなかっ

た。「いやだ」

沈黙が何日も続いたように思えた。

そして、スカーレットはエレベーターのボタンを押した。

廊下の向かい側のドアが開き、ジョンの隣人が顔を出して、彼とスカーレットを見た。

「すまない、キース」ジョンはそう言って、エレベーターが来る前にスカーレットをつかまえようと足早に歩いた。隣人はドアを閉めた。

「それならもう知っているわ。〝いやだ〟にはほかに意味はないもの。この話はおしまい」

「冗談じゃない。だが、君がこのフロア中に続きを聞かせたいのでなければ、部屋に入ろう」ジョンはスカーレットの腕に手を置き、自分の部屋へとうながした。

「もう言うことはないわ」

「言うことなら山ほどある」

結局、スカーレットはジョンの手をはねのけたものの、歩きだした。そして彼のソファへとまっすぐに向かったが、座らずにいた。

「コートを預かろうか？」

「長居はしないわ」スカーレットは腕を組んだ。

「僕はなにか聞き逃したような気がするよ、スカーレット。まるで君がなにを望んでいるのか、僕が知っているみたいじゃないか」

「あなたがホテルに現れたら、わかっていたわ」

「ホテルって？」

スカーレットは、ジョンの頭がおかしくなったのかと言わんばかりの目をした。「〈リッツ・カールトン〉よ、もちろん」

「もちろん」ジョンは繰り返したが、なにもわかっていなかった。「僕はそこへ行くはずだったらしいな」

スカーレットは目を細めた。「手紙に書いたわ」

ジョンはスカーレットの手紙を見た。彼女は頭が変になったのか？

「それじゃなくて、もう一つのほうよ」

「僕はこれしか受け取っていない」

「でも……話をした五分後に配達されたわ。確認したもの」

ジョンは困惑して、スカーレットを見つめた。

「オフィスへ？」

「届くって言ったでしょう」彼女はいらだち、体をこわばらせている。

「父が来たんだ。家業のことで話したいと言ってね。だから、隣のバーへ行った。僕はドアマンに言っておいたんだよ――ここへ送ったのかと思っていた」

「違うわ」

ジョンは父親とバーにいて、電話を待って、おかしくなりそうだったのだ。「頼むから座ってくれ。なにか飲むかい？」

スカーレットは首を振り、ソファに浅く腰かけ、膝の上で手を組んだ。ジョンは向かい側の椅子に座った。言葉を失っていたのは彼だけではなかった。間違いだらけの喜劇だ、と彼は思った。だが、ちっともおもしろくない。

「新しいスーツを着ているのね」スカーレットが言った。「よく似合うわ」

くそっ、その封筒にはなにが入っていたんだ？

「君の言うとおりだった。ずいぶんほめられたよ」

「どうしてまだよそ行きなの？」

ジョンは彼女の質問を無視した。「もう一つの封筒にはなにが入っていたんだい？」

「〈リッツ・カールトン〉の部屋のカードキーよ」

「で、僕が行かなかったから、僕が君を捨てたと思ったのか？　君、僕のことをわかってるのかい？」

スカーレットは窓の外を見た。「どう考えていいのかわからなかったの」静かに言った。

「どうして電話をかけなかったんだ？」

「だって、あなたが私を無視したのなら、もう屈辱を味わいたくなかったもの」

「そのかわりに、ここへ来たのか？」ジョンはほほえみかけた。彼女の論理にはついていけないが、彼女の感情に関してなら高く評価した。

スカーレットはいきなり立ちあがった。「こんなことしても、なんにもならないわ。もう終わりにしましょう。さようなら、ジョン」彼女は玄関へ歩きだした。

「僕がさっき〝いやだ〟と言ったのは」彼はスカーレットを追った。「現状維持には興味がないという意味だったんだ」

彼女は歩きつづけている。

「興味があるのは、フルタイムで、公然と認められる関係だ」

スカーレットの足取りがゆるんだ。

「愛しているよ、スカーレット」

スカーレットはその場でとまり、振り返った。ジョンと目を合わせたが、警戒した表情をしている。ジョンは彼女に追いつくと、その体に腕をまわしたが、彼女はまだ口をきかない。

「ここは君が、僕を愛していると言う場面だよ」ジョンの胸は高鳴った。

「一年前、私はあなたに恋したの」スカーレットは認めるのがこわいように、ささやき声で言った。

「一年前？　だけど――」

彼女は彼の口に手をあてた。「結果的に、あなたは私が恋したと思っていた人とは違っていたわ」

一年前。彼女は一年前に僕に恋をした。ジョンの頭の中で信じられない言葉が何度も繰り返された。そして彼女が過去形で話していることに気づいた。

「つまり、どういうことだい？」

スカーレットはジョンの襟をいじった。「あなたは理想の人で、私はその人のことをほんとうの意味では知らないまま、愛していたの。この一カ月を経験するまで、その内側にあるものを見ていなかったのよ。でも、今のあなたは本物よ。そして私の愛も本物だわ」

ジョンはスカーレットを引き寄せた。彼女を抱きしめ、彼女に抱きしめられたかった。スカーレットは彼の首に顔をうずめた。

「僕がいつ君を愛しはじめたのか知りたい？」ジョンは彼女の温かくて、不安定な吐息を楽しみ、激しい感情を感じ取った。「カントリークラブでだ。会議室さ。テーブルでセックスしようとした僕を君がとめたときだ。あそこへ行ったとき、それが目的ではなかったんだ。僕はただキスをしたかっただけだったのに、やりすぎてしまった。君のせいだ」ジョンはスカーレットの髪を撫で、彼女がさらにすり寄ってきてもらす小さな声をうれしく思った。「君には思ってもみない面がたくさんある。そのすべてを知りたい。僕は君が欲しい」

ジョンはスカーレットにキスをした。すべてのエネルギーを注ぎ、そして彼女が返してくるのを感じた。そして両手で彼女の顔をはさみ、放すまいとした。

「スカーレット、僕と結婚してほしい。結婚してくれるかい？」

スカーレットはほほえんだ。涙がこみあげている。

「ええ」彼女は言い、もっと強い声で繰り返した。「でも、ちょっと問題があるの。サマーが大がかりで派手な結婚式をしたがっているの。それには準備に時間がかかるわ」

「サマーがどう関係してくるんだい？」

「彼女はダブルウエディングがいいって」

ジョンは驚かなかった。双子の絆《きずな》とは強力なのだ。彼が驚いたのは、すでに二人がそんな話をしていることだった。「君は？　君の望みは？」

「私はあなたと結婚できればいいわ」

「だが、君だって妹といっしょに華やかな式がいいんだろう？　シンデレラみたいな」

「そんなにけばけばしくしないって約束するわ。上品で、趣味がよくて――」

ジョンはスカーレットを抱きあげ、ベッドルームへ向かった。ポケットには指輪が入っている。ダイヤモンドのようにシンプルなものではない。彼女は複雑な女性だから、違った感じの婚約指輪が必要だった。ありきたりでなく、センスのいいものが。

ジョンは昨日、それを選び、彼女がノーと言ったらどうするかは考えまいとした。だが、彼女を手に入れるために努力していただろう。必死の努力を。

今夜は、指輪は渡さないことにした。今夜はスカーレットに、彼自身を与え、ただ彼女を楽しむことにしよう。だが明日、指輪を渡すなにかうまい方法を考え出そう。口説き講座をせっかく二番で卒業したのだから、無駄にはしない。

「愛しているわ」スカーレットがジョンに手を伸ばした。

まだ言うべきこと、するべきこと、発見すべきことが山ほどある。だが、始まりも終わりも一つの真実からだ。「僕も愛しているよ」ジョンは言った。

「いつまでも」

とっておきの、ときめきを。
ハーレクイン

ひと月だけの永遠
2007年4月5日発行

著　　者	スーザン・クロスビー
訳　　者	秋元美由起（あきもと　みゆき）
発 行 人	ベリンダ・ホブス
発 行 所	株式会社ハーレクイン 東京都千代田区内神田 1-14-6 電話 03-3292-8091（営業） 03-3292-8457（読者ｻｰﾋﾞｽ係）
印刷・製本	凸版印刷株式会社 東京都板橋区志村 1-11-1
編集協力	株式会社風日舎

ISBN978-4-596-51173-7 C0297

カンヌ映画祭で巻き起こる情熱の嵐!

4月20日発売　（原書イラスト）

人気急上昇中フィオナ・フッド・スチュアート他、
実力派作家のアンソロジー

『カンヌの誘惑』PS-45

「プリンセスになる日」フィオナ・フッド・スチュアート作
「情熱の果てに」シャロン・ケンドリック作
「ラストシーンは熱く」ジャッキー・ブラウン作

●ハーレクイン・プレゼンツ スペシャル

ダイアナ・パーマーとベティ・ニールズが贈る愛とやさしさあふれるストーリー

春のロマンス企画第2弾!

『春に天使が舞い降りて』PB-35

「悲しい約束」（初版:L-1000）ダイアナ・パーマー作
「少しだけ回り道」（初版:R-1267）ベティ・ニールズ作

●ハーレクイン・プレゼンツ作家シリーズ別冊

4月20日発売

〈さまよえる女神たち〉シリーズ

（原書イラスト）

女性スペシャリスト養成学校アテナ・アカデミー時代の級友レイニーの死に不信を抱いた友人たちのグループ、〈カサンドラ〉。
事件の真相解明に挑むメンバーたちの熱恋を描いたシリーズ。

『さまよえる女神たちⅢ』LSX-3　好評発売中

「イカロスに抱かれて」キャサリン・マン作
「デルメルの祈り」デボラ・ウェッブ作
2話収録

『さまよえる女神たちⅣ』LSX-4　4月20日発売

「アンドロメダの微笑」カーラ・キャシディ作
「汚れなきプシュケー」イヴリン・ヴォーン作
2話収録

●シルエット・ラブ ストリーム・エクストラ

好評発売中の『さまよえる女神たちⅠ、Ⅱ』もお見逃しなく!

4月20日の新刊 発売日4月13日（地域によっては16日以降になる場合があります）

愛の激しさを知る ハーレクイン・ロマンス

曇りなきエメラルド	♥ペニー・ジョーダン／青海まこ 訳	R-2182
ボスとふたりで	マドレイン・カー／山ノ内文枝 訳	R-2183
憎しみは愛の横顔	ルーシー・モンロー／中村美穂 訳	R-2184
愛したのはシーク	♥ジェイン・ポーター／漆原　麗 訳	R-2185
ベルトルッチ家の花嫁	キャサリン・スペンサー／藤倉詩音 訳	R-2186
恋が仕掛けた罠	リー・ウィルキンソン／萩原ちさと 訳	R-2187
春風にいざなわれて	リリアン・ダーシー／麦田あかり 訳	R-2188
傷心のプリンス（華麗なる兄弟たちⅢ）	♥キャロル・モーティマー／桃里留加 訳	R-2189

人気作家の名作ミニシリーズ ハーレクイン・プレゼンツ 作家シリーズ

テキサスの恋 16 最愛の人	ダイアナ・パーマー／山野紗織 訳	P-296
親愛なる者へⅡ シュガー・ベイビー	ビバリー・バートン／星　真由美 訳	P-297

一冊で二つの恋が楽しめる ハーレクイン・リクエスト

一冊で二つの恋が楽しめる―恋人には秘密		HR-139
別れるための一夜	リン・グレアム／秋元由紀子 訳	
今も愛しているから	ジョーン・ホール／川崎洋子 訳	
一冊で二つの恋が楽しめる―魅惑のシーク		HR-140
シークに囚われて	エマ・ダーシー／有森ジュン 訳	
シークの誘い	ケイト・ウォーカー／山田理香 訳	

ロマンティック・サスペンスの決定版 シルエット・ラブ ストリーム

大富豪の挑戦（続・闇の使徒たちⅢ）	キャンディス・アーヴィン／佐藤たかみ 訳	LS-322
時をさまよう恋人	♥ヘザー・グレアム／龍崎瑞穂 訳	LS-323
消せない傷を抱いて（孤高の鷲）	ゲイル・ウィルソン／藤峰みちか 訳	LS-324

個性香る連作シリーズ

シルエット・サーティシックスアワーズ 届かなかった伝言	マリリン・パパーノ／山田沙羅 訳	STH-16

クーポンを集めてキャンペーンに参加しよう!

どなたでも!「25枚集めてもらおう!」キャンペーン「10枚集めて応募しよう!」キャンペーン兼用クーポン ➡ 2007 4月刊行 ⬅ 会員限定ポイント・コレクション用クーポン

♥マークは、今月のおすすめ